워킹맘의
100일 손편지

SKY 수능기적을 부르는
워킹맘의 100일 손편지

ⓒ 조은형, 2026

초판 1쇄 발행 2026년 2월 16일

지은이　　조은형
펴낸이　　이기봉
편집　　　좋은땅 편집팀
펴낸곳　　도서출판 좋은땅
주소　　　서울특별시 마포구 양화로12길 26 지월드빌딩 (서교동 395-7)
전화　　　02)374-8616~7
팩스　　　02)374-8614
이메일　　gworldbook@naver.com
홈페이지　www.g-world.co.kr

ISBN　979-11-388-5386-6 (03810)

SKY 수능기적을 부르는

워킹맘의 100일 손편지

조은형 지음

좋은땅

이 책을 편 당신에게

달리 해 줄 게 없는 매일이었습니다.

마지막 분투를 하는 큰애 옆에서, 대치동을 샅샅이 뒤져 퀄리티 좋은 입시 정보나 학원을 알아봐 주는 것도, 손만 대도 쓰러질 것 같은 아이의 체력을 아껴 줄 수 있는 라이딩을 해 주는 것도, 뭐 하나 제대로 해 주지 못하는 워킹맘은 언제나 그렇지만 고 3 아이에겐 특히나 죄인입니다.

회사에서 하루 종일 시달리다 퇴근해 저녁 약속이나 회식까지 있을라치면, 밤 11시에나 돌아오는 지친 수험생을 기다리지도 못하고 먼저 잠들어 버리는 날들도 많은 그런 엄마입니다.

그래도, 무언가 엄마가 함께하고 있음을 얘기해 주고 싶었습니다.

이 힘든 대한민국의 입시에서, 경쟁에서, 매일마다 느낄 답답함과 막막함 속에 아이가 혼자만은 아니라는 것을…

그 옆에는, 그 뒤에는, 비록 지금 이 순간 잘 느껴지지도 느끼고 싶지도 않겠지만 가족이라는 든든한 응원군이 있다는 것을 느끼게 해 주고 싶었습니다.

하지만, 가족들과 눈길 한 번 마주칠 마음의 여유도, 시간도 없는 아이는 엄마의 밝은 목소리나 가족들의 한마디 응원에도 짜증을 내고 그런 모습에 저 역시 마음이 상하기 일쑤인 날들이었습니다.

그러다 수능 100일을 앞두고, 어떻게 하면 아이의 심기(?)를 건드리지 않고 응원의 메시지를 줄 수 있을까 싶어 고민 끝에 시작한 쪽지였습니다.
카톡이나 문자가 아니라 직접 손으로 쓰면 적어도 엄마의 정성을 보아서라도 읽어는 주겠지 싶어, 손으로 써야겠다 했습니다.

매일 아침 아이가 학교를 나서기 전, 엄마의 짧은 아침 쪽지를 읽는 단 1분이라도 힘을 얻을 수 있으면 좋겠다 싶어 시작한 소박한 저만의 아침 인사였습니다.

처음 시작했을 때만 해도 이 짧은 쪽지를 쓰는 게 어려울 거란 생각은 하지 못했습니다. 하지만, 매일 새벽에 멍한 상태로 무언가를 손으로 쓴다는 것은 글의 길이나, 내용을 떠나 지속한다는 것 자체가 너무나도 힘든 과제였습니다.

게다가 고맙다는 인사는 고사하고, 읽는지 마는지 때때로 책상 위에 무심히 던져져 있는 쪽지들을 볼 때면 제 마음이 던져진 것 같아서 이제 그만 쓸까라는 고민과 후회마저 들게 할 때도 있었습니다.

하지만 지금 내가 하고 있는 게 올바른 방법인지, 이렇게 하면 과연 잘

되는 것인지 알 수 없는 끝없는 회의와 불안감에, 그래서 더 힘든 수험생의 매일을 버텨 내는 아이를 생각하며, 그냥 하기로 했습니다. 엄마도 회의감속에 매일 매일을 해내는 모습을 보여 주기로 했습니다. 보여 줌으로 힘든 마지막 마라톤 코스를 같이 뛰기로 했습니다.

그 어떤 일이 있어도 매일 새벽 엉망진창인 글씨로, 앞뒤 맞지도 않는 내용으로, 내용도 반복되고, 지루하기도 하지만 때로는 포스트잇에, 때로는 노트에, 때로는 편지지에 손편지를 써서 아이의 침대에, 책상에 올려 두었습니다.

그리고는, 초조함과 조바심으로 가득한 수능 100일 남은 고3 아이의 아침이 엄마의 사랑과 정성과 응원으로 행복하게 시작되길 기도했습니다.

수능 날 휴가를 내어, 마지막 100번째 편지와 도시락을 주며 아이를 고사장에 데려다주고 돌아오는 길에, 결과가 어떻더라도… 아이와 나는 이 시간 속에 최선을 다했다는 벅차는 감정의 소용돌이에 아이처럼 펑펑 눈물이 흘렀습니다.

그리고 깨달았습니다.

아이를 위해 시작했던 쪽지로 시작하는 이 100일의 아침은 사실은 한없이 부족한 저를 한 단계 성장시키는 시간이었음을 말입니다.

아이에게 써 줄 말을 생각하면서 책도 읽고, 고민도 하고, 혹시라도 늦잠을 잘까 봐 나의 일상을 절제하며 명상과 편지라는 좋은 습관으로 저의 하루를 시작하게 되었습니다.

아이에게 웃으라고 하면서 내가 찡그릴 수 없어 더 웃게 되고 친절하라고 하면서 화낼 수 없어 주변에 더 친절하게 되었으며, 잘 챙겨 먹으라고 했기에 저도 건강하려고 노력했습니다.

특별할 것 하나 없는 수험생 일상에 행복을 찾아 보자 했기에, 평범한 일상에 숨어 있는 작지만 행복한 것들을 하나씩 찾아 보았습니다.

이 쪽지를 혹시 읽게 되는 여러분이 학생이든 학부모든, 여러분도 그랬으면 좋겠습니다.

돌아보면 아이가 성인이 되기 전 마지막 1년이었습니다.

특별한 약속을 잡지 않고도 자녀의 얼굴을 마음껏 볼 수 있는 마지막 1년인데… 우리나라는 그 1년을 수험생이라는 굴레로 부모와 자녀의 사이를 끝없는 침묵으로… 극도의 숨막히는 긴장과 스트레스로 안타깝게 흘러가게 합니다.

이것이 너무도 부족하고 부끄러운 이 100일 쪽지를 묶어 책으로 만들게 된 이유입니다.

글솜씨가 없는데다, 내용이 개인적이고 별 볼 일 없어 망설여지기도 했지만, 꾸밈없이 솔직히 그때 느끼고 바랐던 내용을 그대로 보여 드리며 부모와 아이가 같이 성장할 수 있는 계기가 되는 캠페인을 만들고 싶었습니다.

그래서 여러분이 자신의 아이들에게, 또는 자신에게 직접 글을 써 줄 수 있는 공간을 넣어 노트 형식으로 만들고, 제 편지 내용은 너무도 보잘것없기에 조금이라도 여러분께 도움이 되었으면 하는 마음으로 편집하면서 실제 쪽지를 쓸 때는 써 주지 못했던 좋은 명언들도 찾아 넣어 보았습니다.

혹시라도 이 쪽지에 담았던 제 개인적인 생각과 편집한 명언들이 마지막 마라톤을 완주하려는 한 가정의 부모님과 학생들에게 아주 작은 도움이라도 되었으면 하는 바람입니다.

또한, 여름방학을 거쳐 생기부를 마무리하고 부담감이 큰 9월 모의고사, 마지막 중간고사와 수시 입시 전형까지 수능 100일을 앞두고 고3 일정에 따라 수험생인 아이와 학부모가 겪는 스트레스와 심정의 변화 등도 미리 겪어 보실 수 있을 겁니다.

하지만 무엇보다 여러분 스스로가 아이에게 직접 건네는 사랑해 한마디든… "오늘도 파이팅"이라든지, 스마일 그림 하나든 작은 일상의 응원과 사랑하는 마음을 전할 수 있는 계기가 된다면, 저는 더없이 행복할 것 같습니다.

자 이제…
한번 시작해 봅시다….

잘 쓰지 않아도 됩니다. 그저 넌 잘할 수 있어… 잘하고 있어… 엄마 아빠도 힘들지만 해 볼게… 사랑해… 한마디만 쓰셔도 됩니다.

저는 진심으로 확신합니다.

이 쪽지를 다 쓰고 마칠 때면… 아이와 당신의 인생이 기적처럼 달라져 있을 겁니다. SKY 수능기적이 아니라 인생의 기적을 부르는 계기가 될 것입니다.

부모는 자식의 거울입니다.

그냥 해 보는 겁니다…. 마지막 날 저에게 이런 계기를 마련해 줘서 고맙다고 인사하실 거예요.

그리고 다른 소중한 누군가에게 한번 해 보라고… 정말 좋았다고 권유할 수 있을 겁니다.

- 100일 후 달라져 있을 당신들에게

차례

엄마의 결심

사랑하는 우리 딸!

우리 딸이 앞으로 남은 100일동안 한 걸음 한 걸음

마치 지쳐 있는 안세영이 힘든 랠리를 이끌어 가다 마지막 스트라이크를

날리듯

그 순간을 위해 마지막 힘을 짜낼 수 있기를 바라며

엄마도 매일 쪽지를 쓰기로 했다. 너의 상상력과 시각화를 위해

감정이 생각을, 생각이 행동을 지배한다고 한다. 그래서 결국 좋은 감정

이 행동을 지배하는 것이지. 오늘도 행복하렴.

- 서울대생 서희에게 엄마가

대부분은 사람들은 자기 마음먹은 만큼 행복하다.

- 아브라함 링컨

상상의 힘

사랑하는 우리 딸

비가 와서 차분해지는 아침이네.

이런 날은 재밌는 책이나 보면서 침대에서 뒹굴뒹굴해야 하는데 그래도 힘내서 일어나 보자.

'욕구와 상상이 부딪히면 상상이 이긴다.'

내가 아무리 잘하고 싶어도 실패하는 상상을 하면 상상이 이긴다는 말이래.

상상, 시각화의 무서움이지.

그래서 엄마는 오늘도 이 빗소리를 배경으로 우리 서희가 멋진 서울대생이 되는 상상을 해 본다. 지칠 때마다 그런 자신의 모습을 상상하면 도움이 많이 될 거야.

사랑해 파이팅!

- 예쁘고 건강한 서희에게

모든 것을 다 하기에 시간은 충분하지 않다. 그러나 가장 중요한 일을
수행할 시간은 항상 충분하다.

- 브라이언 트레이시

행복을 부르는 삶의 통제권

사랑하는 딸~

오늘은 미세먼지 가득한 아침이네. 그래도 엄마 명상 의자 옆 세상은 분주하게 하루를 시작하는 사람과 차들로 북적북적하다.

사람이 가장 행복하다고 느낄 때는 내 삶에 통제권을 가졌다고 느낄 때라는데 서희의 요즘은 어떤지 모르겠다.

빡빡하고 하기 싫은 일정 속에서도 너만의 루틴을 통해 삶의 통제권을 가지고 행복을 찾는 건 어때?

엄마는 어젯밤에 유튜브 쇼츠에게 통제권을 뺏겨 엄마 인생 한 시간 반을 도둑맞았네. ㅠㅠ 오늘도 행복하렴!! 파이팅.

- 스티커 이름표 때문에 행복한 서희에게

시간은 모든 사람에게 똑같이 주어지는 단 하나의 자원이다.

— 세네카

아침을 다 같이 먹을 수 있는 토요일

사랑하는 우리 딸

오늘은 토요일이야. 고3에겐 토요일이나 평일이나 다 그날이 그날 같겠지만 온 식구가 같이 아침을 먹을 수 있는 토요일이 엄마는 참 좋아.

평범한 일상에서 행복을 느끼고 찾고 또 감사할 수 있는 능력은 이 세상 어떤 능력보다 소중한 것 같아. 다행히도 엄마는 그런 능력이 뛰어나고, 엄마 유전자를 받은 서희도 뛰어날 거라 생각해.

오늘은 맛있는 디저트로,

혹은 안 풀리던 문제가 풀리는 것으로,

또 지나가는 사람에게 친절한 것으로

서희의 일상이 그 어떤 것으로도 행복하게 되길 기도한다.

서희야 사랑해!

- 서울대생 서희에게

우리는 평생 가족과 함께 식사하는 시간이 단 80일도 안 된다.

- 출처: 챗GPT 계산

사랑하는 우리딸 ④
엄마는 타인이야. 그러면 타인이나 타인이나
다 그 사람이 그렇겠지만 문서가 같이 영양을
먹을수 없는 타인이 엄마는 힘들어.
평범한 일상에서 행복을 느끼고 점점 또 감사함
없는 능력은 이세상 어떤 능력보다 훌륭한것같아
다행히도 없는 그런 능력이 적어나 엄마
우리과는 별로 서러로 때어나가나 생각해 ⑪
요는 맛있는 디저트, 또한 안좋았던 문제나
풀어것으로, 또 지내는 사람에게 친절한것이야.
사람의 일상이 그어떤 것으로 행복해지게되는
기간다. 사랑아 사랑아 — 서울대병 엄마가 —

Day 5

성공을 부르는 꿈의 그릇

사랑하는 우리 딸

어젠 엄마가 아빠 친구랑 사업 관련 이런저런 얘기를 할 시간이 있었어.

최근 들어 엄마가 만난 사람 중에 가장 꿈이 큰 사람이었어.

근데 엄마 20여 년 전에 그분을 만난 적이 있거든.

다 똑같은 회사원이었고 심지어 훨씬 작은 회사 다녔었거든.

사람이 꿈에 따라서 정말로 달라지는구나… 새삼 느끼는 순간이었어.

그리고 지금 수백억 자산가임에도 더 큰 꿈을 향해 열심히 노력하는 모습

이 참 멋져 보이더라. 사람은 자기 꿈의 그릇만큼 커지는 것 같아.

우리 딸은 얼마의 꿈 그릇이 있을까? 기대가 되네.

오늘도 파이팅!!

- 서울대 정문에 서 있는 서희에게

달을 향해 쏴라. 비록 놓치더라도 별들 사이에 착륙할 것이다.

- 노먼 빈센트 필

사랑하는 우리딸 ⑤
어제 엄마 아빠랑 서원문혀 얘기하던
얘기를 쭉 생각이 있었어. 청소등의 엄마 변신
사람들이 가장 꿈이 큰사람이였어. 근데 엄마
20여년 전에 그번을 인생목이 없었고 더 독같은
회사원이라고 심지어 확신 자축 되나 대표원으로
사람이 꿈에 따라서 정말로 달라진는거야... 새봉너는
순간이였어. 그런 지금 수백억 재산 명에로 거큼
꿈을 항대 열심히 노력하는 모습이 참 멋져보이라니
사람은 재꿈의 끝만큼 커지는 것 같아
우리 꿈을 잃기만 꿈 끝이 없을까? 기대되데
있는대로 담아요!!! - 사랑과정성에 서원도 사랑하며~

너무도 어려운 수능문제

사랑하는 딸 서희에게

어제 엄마 수능 풀어 보고 깜놀했는걸.

아니 넘 시간이 부족하잖아. ㅠㅠ 정말 집중해서 읽어서 두세 번 읽지 않아야겠더라고.

새삼 우리 서희가 대단하고 대견하더라. 우리 딸 멋져 멋져~

이렇게 우리는 집중을 하기도 해야 하면서도 빨리 해야 하는 상황에 놓여 있지…

그 속에서 긴장도 많이 되겠지만 집중도 연습이고 속도도 연습인지라 하면 할수록 무조건 늘 수밖에 없단다.

오늘 방학의 마지막 날이라 엄마 안 깨우고 출근해.

책상 정리 깔끔히 하고 또 우리 새로운 학기 마지막 고3을 맞이해 보자.

사랑해.

- 집중력 높은 서울대생에게

직접 한번 풀어 보고 잔소리하세요….

– 고3 학부모님들께

사랑하는딸. 소희에게 ⑥
어제 엄마 수능 풀어보고 깨달았던것. 아니 ㅎㅎ
시간이 부족하잖아 ㅠㅠ 지문 천천히 읽어 푹새겼
읽기 어쩌아겠더라고 선생님 목소리가 대면하
대면하더라. 완전 멋져 멋져~ 이렇게 우리는
집중을 하기도 개꿀까면서 빡세게아해는 상황이
넣어 있지 … 그곳에서 진짱로 많이 지쳤지만
집중도 연습이고 목표도 연습인지라 하면 할수록
막건 늘수밖에 없었다. 앞늘 남앞은 마지막
남이가 엄마 언니와 즐겁게 차분하여
깔끔히 하고 또 우리 시간을 적기. 마지막 나을
맞이해 보자 ♡ ㅋㅋ – 집닮은 눈물 차웃애사막~

개학

오늘은 개학이구나.

그동안 엄마도 너희 방학이라 오전이 조금은 여유로웠는데 6시부터 바쁘게 움직이는 우리 집으로 다시 바뀌었네.

특히 서희의 샤워 소리에 눈을 뜨는 엄마의 일상이 시작되었어.

항상 깨우지 않는데도 스스로 일어나 준비하는 서희는 아마 평생 어떤 일을 하더라도 잘 알아서 할 거란 생각이 든다.

왜냐하면 서희의 아침을 스스로 일어나 준비하기 때문이지.

나의 온전한 하루의 시작을 스스로 시작한다는 것은 무엇보다 중요한 것 같아.

우리 서희 멋있다.

이제 마지막 학기의 첫날 잘 보내고 오렴. 파이팅!!

- 멋진 서희에게

하찮은 일을 위대하게 하라.

- 오래된 격언, 너무 많은 분들이 얘기하심

사랑하는 우리딸! ①
오늘은 개학이구나. 2주간 엄마랑 붙어있어서
였는데 건강 여유있었는데 이제부터 바쁘게 움직여야
의미있게 다시 바뀌었네. 특히 너희의 새학기에
늘 꿈을 담아서 일상이 시작되었어. 항상 깨우지
않는데도 스스로 일어나 준비하는거는 엄마평생
미안있을 하더라도 잘 앉아서 감사한 사랑스러운
태어하면 너희의 마음은 스스로 일어나 준비에
대문이지. 너의 문제관리들 사랑을 스스로
한다는것은 무엇보다 중요한 것같아 우리서로
얻었다. ♡ 이제 여기막학기의 점심
잘봐서 엄마. 화이팅!!! - 엄마 사랑해 -

비를 맞게 된다면, 당당하게

사랑하는 딸 굿모닝~

어제는 소나기가 내리는 날이었어. 서연이(둘째)처럼 우산 없던 사람들에게 갑자기 내리는 소나기는 정말 당혹스런 일이지. 그래서 정말 우왕좌왕하는 사람들이 많더라.

인생도 그런 것 같아.

맑은 하늘에 갑자기 퍼붓는 소나기처럼 예상치도 못한 일들이 우리를 힘들게 할 때가 많지. 물론 우산을 준비하는 게 최선이겠지만 엄마는 우산이 없을 때 그 상황을 어떻게 바라보느냐가 중요한 것 같아.

가슴을 펴고 그 비를 맞고 그리고 샤워를 하렴. 비를 안 맞으려 말고…

오늘도 파이팅!!!

- 비를 당당히 맞는 딸에게

어떤 사람은 비를 '느끼고', 어떤 사람은 그저 '젖을 뿐'이다.

― 밥 말리

이타적인 마음

사랑하는 딸 서희에게

고등학교 마지막 학기에 회장이라니 대단하네.

첨에 엄마는 몸도 약하고 딸 수능 준비해야 하는데 회장을 했다고 해서 좀 당황하기도 했었어. 근데 돌아보니 우리 딸은 늘 그랬던 것 같아.

이기적인 마음이 아니라 주변을 배려하고 모두가 귀찮아할 때 먼저 나서서 해결하고 도와주는…

그런 서희가 엄마는 손해 보는 것 같아 걱정도 되었지만 다시 한번 우리 딸 멋지고 엄마보다 훨씬 낫다고 생각해.

이 세상은 이기적인 사람들로는 굴러가지 않거든.

자 그럼 이타적인 서희야 이제 일어나자~!!!

- 이타적 서울대생 서희에게

어디를 가든 사랑을 전하라. 당신을 찾아온 누군가, 꼭 더 행복해지게 하라.

– 마더 테레사

일상의 행복

사랑하는 딸 서희야

어젠 간만에 완전체로 즐거운 식사를 했구나.

오늘 아침엔 어제 즐거웠던 마음처럼 맑은 하늘이 펼쳐져 있네.

지금 매일매일 똑같은 일을 하고 루틴한 하루를 보내는 날들이 지루하겠

지만 폭염과 습도가 아무리 높아도 입추가 지나니 점점 시원해지듯이 하

루하루 서희 인생도 재밌는 일들로 가득해질 거야.

그리고 어제처럼 또 이 안에서도 행복을 느끼고 찾아 보자!!

기침을 자꾸 해서 걱정이네. 잔기침은 체력이 떨어져서 하는 거거든.

자 이제 아침 먹자~ 사랑해!

행복의 문 하나가 닫히면 다른 문이 열린다. 그러나 우리는 대개 닫힌
문들을 바라보다가 우리를 향해 열린 문을 보지 못한다.

— 헬렌 켈러

좋은 친구들이 너의 인생을 같이하길

사랑하는 딸에게

오늘은 엄마가 좋아하는 언니들이랑 파자마 파티를 하고 있어.

밖에 커다란 통창을 통해 아침 햇살이 가득 들어온다.

우리 딸도 힘들 때나 즐거울 때 그 시간을 같이 보내 줄 친구들, 좋은 사람들이 주변에 많았음 좋겠구나.

그것이 인생을 더 풍요롭게 해 줄 거야.

그래서 많은 부모들이 자식들이 좋은 학교 가길 바라는 것일 거야.

오늘 엄마가 아침 같이 못 하지만 이 순간도 서희를 위해 기도하고 같이함을 잊지 마~

곧 보자 사랑해.

- 좋은 친구가 많은 서희에게 엄마가

三人行 必有我師焉(삼인행 필유아사언)

세 사람이 함께 길을 가면, 그 가운데 반드시 나의 스승이 있을 것이다.

- 공자

사랑하는 딸에게

오늘은 엄마 졸업하는 언니들이랑 따라다니느라 책 못 읽었어. 밖에 거리랑 분위기를 즐겨. 아무래도 가족 들어가봐. 언제라도 힘들 때나 즐거울 때 그 시간을 같이 보내줄 친구들, 곁의 사람들 곁에 많음을 즐겨라 그것이 인생을 더 풍요롭게 해줄거야 그래서 엄마는 부모들이 자녀들이 좋은 짝꿍기면 바쁘게 꾸려줘야 오늘 엄마나 어떤 기늘이 못 자라면 이 순간도 서로를 위해 기뻐하고 같이 마음을 알거야 ~ 늘 너를 사랑해 - 꽃길만 많은 너에게 엄마가 --

열심히 하는 사람이 드문 세상

사랑하는 딸에게

오늘은 맑은 아침이다.

일요일이라고 엄마도 늦잠을 자 버렸네. 이렇게 루틴이 깨져 버리면 안 된단다.

아침에 정신을 차리려고 엄마가 좋아하는 현우진 선생님 영상을 봤어.

이 세상은 성공하기가 점점 더 쉬워진다고, 열심히 하는 사람이 없다고…

엄마는 그 말에 매우 공감한다. 그냥 열심히 하는 것 말고 진짜 미친 듯이 열심히 하는 것…

그 사람에게 우주의 기운이 끌려올 거야. 오늘도 힘내자.

- 미친 듯이 열심히 하는 서희에게

우리는 반복적으로 하는 행동의 결과다. 따라서 탁월함은 행동이 아
니라 습관이다.

- 아리스토텔레스

뇌 속이기

사랑하는 딸 서희에게

오늘은 엄마도 피곤해서 눈을 뜨기가 힘든 아침이로구나.

그치만 엄마는 크게 외치고(물론 속으로) 일어난다.

할 수 있다고 믿으면 할 수 있다. 일어난다고 생각하면 일어나는 거야.

우리의 몸은 우리의 생각과 다름없거든.

오늘도 엄마는 즐겁고 행복한 하루를 만들 거야.

서희도 힘든 와중에 재밌는 일을 찾아 행복을 느껴 보렴.

그럴 일이 없다면 그냥 웃어 보렴. 아니? 우리 뇌는 바보라 그냥 웃어도 즐거운 것으로 안대.

행복해서 웃는 게 아니라, 웃어서 행복해질 수도 있다.

- 페이셜 피드백 가설

생기부 때문에 속상해하지 마

사랑하는 딸에게

어젯밤에 우리 서희가 스트레스 받는 걸 보면서 엄마 맘이 살짝 안 좋았었어. 항상 자신감 넘치고 밝은 서희인데 시기가 시기인지라 스트레스를 받는구나 싶은데 엄마라는 사람이 도와줄 수 있는다는 게 고작 네 손을 잡고 얼굴 만져 주는 것뿐이라는 게 조금 한심하기도 하고 먼저 나서서 우리 딸 생기부 쓰는 거 좀 도와줬을걸… 알아볼걸… 싶은 마음에 엄마도 잠을 살짝 설쳤단다.

근데 서희야 엄마는 변명이 아니고 우리 서희가 잘될 것 같아. 혼자서 이렇게 잘 해내는 사람이 정말 거의 없거든. 그리고 이 모든 압박… 내가 잘 못하는 거 아닌가 어떻게 할지 모르겠고 다 망한 것 같고… 그런 모든 생각을 아마 수험생들이 다 할 거야. 누가 이 압박과 부담감을 빨리 떨치고 다시 일상의 루틴으로 돌아가서 자기 목표와 공부를 묵묵히 해 나가는 게 아마 성공의 차이를 가져오지 않을까 싶고… 이 압박감과 스트레스를 그냥 지나가는 과정으로 담담히 넘기며 진정한 어른이 되기를 엄마는 기도해 본다. 그래 봤자 생기부 다 거기서 거기고…

우리 딸은 잘될 거야. 건강한 사고와 밝은 태도를 가진 서희를 어떻게 생기부 몇 장이 다 드러낼 수 있겠어… "진인사대천명" 알지? 끝까지 최선을 다하고 하늘의 뜻(행운, 끌어당김)을 기다려 보자. 언제든지, 무엇이든지 엄마가 필요하면 연락하고 엄마는 그 어떤 것도 서희 옆에서 대기하다 도울게.

일단 오늘은 맛있는 쥬스와 밀크티부터 다시 루틴으로… 오늘 엄마도 중요한 미팅이 있어서 떨리지만 허리를 펴고 입꼬리를 올리면 못 할 일이 없으니까… 파이팅!!!

- 생기부 압박을 이긴 우리 딸에게

허리를 쫙 펴고 입꼬리를 쫙 올리면 세상에 못 할 일이 없다.

– 최화정 씨 어머니 조언

허리를 쫙 펴고 입꼬리를 쫙 올리면 세상에 못 할 일이 없다.

사랑하는 딸에게 ⑭

학교에서 배우는 것

사랑하는 딸 서희에게

계속 컨디션이 별로네 우리 딸~ 학교를 못 간다고 하니 한편으론 그래 좀 쉬고 컨디션을 회복하는 게 낫지 하는 맘과 한편으론 그래도 억지로라도 보내서 힘듦을 이겨 내게 하는 게 맞지 않나 이런 생각이 드는 아침이네. 힘들고 하기 싫고 아프고 그럼에도 불구하고 하는 것… 이것들을 배워 가는 과정이란다 서희야.

학교에서 또는 입시에서 우리가 배우는 것은 단지 지식이 아니라 하기 힘들고 지칠 때 아플 때 그럼에도 불구하고 해 나가는 것을 배우는 거야… 자 오늘은 그럼 집에서 뚜벅뚜벅 너의 갈 길을 걸어가 보렴!!! 중꺾마.

중요한 것은 꺾이지 않는 마음

– 한국 축구대표님을 응원하던 우리의 마음

안갯속의 미래

사랑하는 딸 서희에게

오늘은 안개가 자욱한 흐린 아침이네. 어젠 태풍으로 바람이 엄청 불더니 아직도 그 영향권에 있나 봐.

언젠가 미래를 알고 있다면(근데 그 결과를 바꾸진 못해…) 사는 게 어떨까라는 생각을 해 본 적이 있어…

내가 내 미래를, 결과를 알고 오늘을 산다면… 어떨까라는 생각…

정말 재미없고 하기 싫지 않을까 싶어.

그래서 지금은 적당히 답답하고 한 치 앞을 모르는 안갯속 같겠지만 내가 내 미래를 만들어 나가는 재미로 사는 게 어떨까 싶으네…

그냥 안개 보니까 생각이 나서…

오늘도 우리 딸 힘내자!!!

뚜벅뚜벅 중꺾마.

어느 숲에 두 길이 갈라져 있었다고, 그리고 나는 사람들의 발자국이
적은 어떤 길을 택했다고, 그리고 그런 선택이 이 모든 인생의 차이를
만들어 냈지…

- 로버트 프로스트, 「가지 않은 길」 中

하기 싫은 일을 하는 이유

사랑하는 딸 서희에게

오늘 주말 아침인데 아파트 외벽칠하는 공사가 일찍 시작하네.

25층 밖에서 아저씨들이 얇은 두 줄에 매달려 칠하는 모습은 감탄을 자아내다.

날도 너무 더운데 무섭고 힘들고 덥지 않으신지… 가장의 책임감으로 모든 것을 이겨 내시는 것이겠지.

살면서 때로는 정말 하기 싫은 일들을 우리는 다양한 이름으로 해내고 있어.

책임감, 의무감, 가치관, 사랑 등등…

그 중에 가치관과 목표에 기반한 것들은 어려움, 극심한 어려움을 극복하는 데 많은 도움이 될 것 같아.

서희가 가지는 목표는 무엇일까를 생각해 보는 하루가 되길 바라며…

명확한 목표가 없다면, 당신은 항상 다른 사람의 목표를 위해 일하게
될 것이다.

– 브라이언 트레이시

Pain is inevitable, Suffering is optional

사랑하는 딸 서희에게

그래도 여유가 넘치는 일요일 아침이야.

그래서인지 글씨가 알아보기 쉽게 써지는구나.

엄마가 요즘 읽고 있는 책이 참 좋다 했지?

무라카미 하루키의 팬이 될 것 같아.

『달리기를 말할 때 내가 하고 싶은 이야기』중 너랑 같이 나누면 좋을 것 같아서.

"Pain is inevitable, suffering is optional.

아픔은 피할 수 없지만 고통은 선택하기에 달렸다.

가령 달리면서 '아 힘들다'라는 것은 피할 수 없는 사실이지만, '이젠 안 되겠다'인지 어떤지는 어디까지나 본인이 결정하기 나름인 것이며 이 말이 마라톤이라는 경기의 가장 중요한 부분을 간결하게 요약한 것이라고 생각한다."

흔히 입시는 마라톤에 비유하곤 해… '선택사항' 으로서의 '고통'을 기꺼이 즐기며 나아가길…

Pain is inevitable, suffering is optional.

아픔은 불가피하지만, 고통은 선택하기에 달렸다.

　　　　－ 무라카미 하루키, 『달리기에 관하여 내가 말할 때 하고 싶은 이야기』 中

시간은 계속 흐르고

사랑하는 딸~

일어나기 힘든 습기가 많은 아침이네.

또 서희의 샤워 소리가 들려오고…

엄마 오늘은 좀 더 일찍 일어나려 했는데 실패 ㅠㅠ

이제 8월의 마지막 주네. 시간이 정말 쏜살같다.

그렇게 더웠었는데 점점 서늘해지고 있다는 게 실감나네. 어제는 엄마 에어컨 끄고 잤거든. 어떤 일을 하건 결국 시간은 흐르고 우리는 늙어 가 겠지.

이 힘든 여정도 이제 80여 일밖에 남지 않았어.

힘내자 서희야!!! 엄마는 이제 베이컨 구워 주러 나갈게.

새로 펜을 샀는데도 눈뜨자마자 쓰는 글씨는 엉망이네. 사랑해♥

반복은 천재를 낳고 믿음은 기적을 낳는다.

- 골프선수 박세리 명언으로 알려지나 출처 미상

사랑하는 딸~
엄마시 하루 숨기가 많이 어렵이때
또 서러운 생각때가 들떠요 .. 엄마생각
좀더 인력 인어 내가봤는게 벌째 (⑲)
이제 형있다 마지막출 때 서이의 정말 못날같다
...
19

나를 제일 잘 아는 사람은 나야

사랑하는 딸 서희에게

엄마는 요즘 허리가 아픈데 그 이유가 필라테스였던 것 같아.

재활을 위해 만든 필라테스가 엄마에게는 안 맞았던 운동인거지.

단체 수업이라 무난할 줄 알았는데 결국 이렇게 아프게 되네.

아무리 좋다 해도 나에게 맞지 않는 걸 억지로 하면 이렇게 탈이 나는 것 같아.

서희도 누가 뭐래도 너 자신을 가장 잘 아는 사람은 너고, 무엇이 부족하고 필요한지 네가 결정하고 행동해야지, 엄마처럼 어설프게 남들 따라 하면 다친단다.

오늘도 파이팅!!!

- 사랑을 가득 담아 ♥ 엄마가

당신의 미래를 예측하는 가장 좋은 방법은 그것을 만드는 것이다.

- 피터 드러커

사랑하는 딸 서현에게   ⑳
엄마는 못능하니까 아무런 그 이유가
딱히 없는것 같아. 재혁을 읽며 딱로
픽과세스가 엄마에게도 안 멋있던 운동인거
21. 단체시험이라 무선한도 없었는데 꿈을
이겼게 이루게 되네. 아무리 좋다해도
나에게 맞지 않는걸 억지로 해본이렇게
많이 나는것 같아. 서현도 노기로해도 니
자신을 가장 잘 아는 사람은 너라 부모니
부모가 뛰리한든지 네가 결정하고 결정해야
엄마처럼 이렇게 남들 뒤따라서 따라간다.
오늘도 화이팅!!! 서현북 기록남아 💗 엄마가

하찮은 일도 열심히 하면

사랑하는 딸 서희에게

너무 급… 갑작스레 마무리가 된다는 독자의 의견을 반영, 집에 있는 조금은 큰 포스트잇으로 바꾸어 보았어.

엄마가 하고 싶은 말은 많은데 시간상, 종이 크기 제약상 뜬금없는 결론이 계속 나서 내일은 문구점에 가 볼까 싶어.

요즘 빠져 있는 책, 알지?

서문 중 "서어넷 몸은 '어떤 면도의 방법에도 철학이 있다'라고 쓰고 있다. 아무리 하찮은 일이라도 매일매일 계속하고 있으면, 거기에 뭔가 관조와 같은 것이 우러난다는 말이라고 생각된다. 나도 몸의 주장에 진심으로 찬성하고 싶다."라고 써 있어.

엄마가 3주 동안 매일매일 쪽지를 쓰며 스스로 체감하고 있어. 어떤 것이라도 매일 하면, 열심히 하면 나름의 관조와 철학이 생겨. 수능에 관조가 생기길 진심으로 바래. :) 급결말~~

작은 일에도 최선을 다하면 정성스러워지고, 정성이 배어나면 겉으로 드러나 밝아지고, 밝아지면 사람의 마음을 움직이고, 마음이 움직이면 변화가 시작되며, 변화는 세상을 바꾸는 힘이 된다. 그러니 오직 지극한 정성을 다하는 사람만이 나와 세상을 변하게 할 수 있다.

– 『중용』 제23장

수능원서 쓴 날

사랑하는 딸 서희에게

어제 담임선생님께 단톡 문자가 왔더라. 수능 원서 썼다고…

마음들이 심란했겠구나 했어.

이제 드디어 수험생 느낌이 나지? 시간이 이렇게 빠르다니…

어제 외할아버지가 덥지만 불어오는 바람에 물기가 없어서 가을이 오는 구나 싶다고 하시더라고.

지금부터는 정말 체력이 다인… 그리고 악착같은 정신력이 다인 시기란다.

마라톤으로 치면 35km 근처가 마의 구간이라고 하더라고.

7km 남짓 남은 이 지점에서 많이들 포기하고 또 몸에 이상이 생겨 기권한 다네…

35km, 근육이 딱딱해지고 호흡도 가쁘고 몸은 뛰는데 앞으로 나아가지 않 는 이 지점에서 서희야 너무 멀리 보지 말고 바로 앞 3m만 바라보고 가렴.

오늘 못 푼 문제 한 개만 풀고 온다는 마음으로. 그럼 70개 넘는 문제인데 서울대도 수석 할 거야… ^^

엄마도 옆에서 힘내려고 기다란 노트를 샀단다.

너의 마라톤 레이스엔 뒤에서 물 들고 수건 들고 따라 뛰는 엄마가 있음 을 늘 기억해. 사랑해♥

- 엄마가

물기가 없는 바람이 불어오면 가을이 옵니다.

- 서희 외할아버지

육체가 정신을 지배한단다

사랑하는 딸 서희에게

아침에 도저히 못 일어나겠다고 와서 말하고 가는 우리 딸을 보니 엄마 마음이 너무 짠하네. ㅠㅠ 어제부터 너무 힘들다고 하더니…

엄마 맘 같아서는 며칠이고 서희가 쉬게 해 주고 싶다…

엄마가 지난번에 박경철 님 만난 얘기 했었지? 결국은 육체가 정신을 지배한다고.

그분은 60대인데 하루 15km씩 달린다고…

어느 순간부터는 육체가 정말 정신을 지배할 수도 있단다. 건강한 육체가 그래서 필요한 거겠지.

운동할 시간이 없으니 그게 안타까울 따름이네.

그래도 서희야 '할 수 있다고 믿으면 할 수 있다'고 생각해 보자.

마음부터 힘들다 힘들다 하면 점점 더 힘드니…

보다 규칙적인 생활과 루틴으로 힘든 체력을 극복해 보자꾸나.

이 모든 과정, 지치고 힘든 이 과정이 서희의 평생에 도움이 될 거름이 되길 ^^ 파이팅!!!

- 햇살이 가을로 바뀌는 아침에 엄마가

Day 23

Motion creates emotion.

움직임, 행동이 감정을 만든다.

- 토니 로빈슨

계획의 중요성

사랑하는 딸~

8월의 마지막 날 아침이네.

토요일이라 여유 있게 일어나 서희 서연이 깨우기 전에 도로 위 차들을 창으로 보고 있어.

이제 9월 10월 거의 딱 두 달 남았구나.

정말 사정없이 덥던 7월 8월 고생 많았네…

이제는 독서의 계절 ㅋㅋ 가을이 오고 있단다.

시간이 무서운 게 이제는 온도가 높아도 그늘에 있음 건조한 바람 덕분에 그리 덥진 않거든.

오늘은 푹 자고 일어나서 9월 10월 어떻게 보내면 좋을지 계획을 세워 보는 게 어때?

시간이 갈수록 점점 마음이 조급해져서 뭘 할지 허둥지둥하거든.

물론 계획대로 지켜지진 않고 그때그때 수정되겠지만 그래도 한번 세워 보는 것이 좋을 것 같아.

기적을 부르는 60일!!!

엄마도 오늘은 9월 목표를 세워 봐야겠어.

자~ 이제 일어나서 맛있는 아침 먹자. 사랑해♥

성공의 비밀은 자신감이며 자신감의 비밀은 엄청난 준비이다.

- 소프라노 조수미

슬럼프

사랑하는 서희에게

오늘은 요즘 서희 마음처럼 안개가 잔뜩 낀 아침이네. ㅠㅠ

어제 밥 먹을 때 서희가 다들 그래? 물어봐 줘서 좋았어.

다들 그래… 엄마는 무려 2번이나 그랬어.

이제 좀 공부가 되려나 싶은 9월이… 성적도 안 오르고 힘들고 괴로웠지…

그니까 그런 9월을 나만의 루틴으로 work list, to do list 지워 가는 재미로 보내야 해.

그래도 서희 마음 속에 어떻게 이걸 극복해 낼까 싶으니 엄마에게 물어본 거 아니겠어?

긍정적인 질문을 계속하면 뇌는 반드시 그 답을 찾아 준다잖아.

어떻게 하면 될까?

1. 9월 모의고사 성적에 연연하지 않음 → 왜냐면 잘 볼 거야.

2. 수시를 좀 더 안정적으로 원서 써 보자. → 심적 안정을 위해

3. 매일매일 웃고 건강하자. 다시 안 올 70여 일의 수험생 시절을 즐기자.

자!!! 오늘부터 이제 9월 첫날이야 파이팅♥

- 엄마가

용기는 '무서워하지 않는 것'이 아니라, 무서워도 계속하는 것 — 울면서 계속 걸어가는 것, 그게 용기다.

– 하와이 대저택, 『더 마인드』中

진정한 겸손함이란

사랑하는 딸 서희에게

오늘은 아침의 여유가 조금 생기는 일요일이네. 엄마가 홍진경 씨 좋아하는 거 알지?

워낙에 이수지와 더불어 웃기기도 하지만

진경 님의 마음가짐이나 생각이 엄마는 참 대단하다고 생각해.

오늘 아침에도 공부왕 찐천재 유튜브를 보며 웃기도 하고 또 쇼츠에 올라오는 영상들을 보며 감동을 받기도 하네.

(마의 개미지옥… 유튜브…. 벌써 30분이 지났다… ㅠㅠ)

"사람들에게 굽신거리는 게 겸손함이 아니라, 진정한 겸손함은 내가 실패해도 오케이라고 생각하는 게 겸손이라고 생각합니다" 진짜 멋진 말 아니니?

내가 실패할 수 있다고 생각하는 게 겸손함이래.

늘 바보처럼 보이려고 더 모자라게 웃기려고 하는 홍진경 님은 사실 정말로 똑똑하고 멋진 사업가고 훌륭한 생각을 가졌다고 엄마는 생각해…

자 오늘도 우린 겸손함을 가지고… 하루를 그리고 올 한 해를 덤덤하게 지내 보자…

실패해도 오케이!!!!

- 공부왕 찐천재 서희에게

진정한 겸손함은 내가 실패해도 오케이 라고 생각하는 것이다.

— 홍진경

스트레스에 대응하는 요령

사랑하는 서희에게

비가 온다는 예보가 있는 9월의 첫 번째 월요일이네.

엄마 편지를 정리해서 붙여 두었다니 너무 기분이 좋았어.

번호가 잘못되었다고…

(실수를 안 하면 엄마가 아니지…)

흠 방금 과호흡이 와서 샤워 멈췄다고 하네…

아마도 내일 모레 있을 9모가 서희도 모르게 스트레스를 주나 보다. ㅠㅠ

우리 서희 우째….

스트레스에 대응하는 요령은

1. 불안이 스트레스 상황임을 인지 → 오호 좀 받네…

2. 반대의 결과를 상상하거나 결국 그 상황도 지나감을 상상 → 어차피 잘 볼 거야. 혹은 못 봐도 돼. 그러나 첫 번째 상상이 가장 좋음! 이것은 과정 이고 나는 결국 잘 볼 거야라고 되뇌렴. 모든 수험생은 다 스트레스야. "그럼에도 불구하고" 나는 잘 볼 거야. 계속 되뇌고 호흡하렴.

3. 호흡 & 걷기 → 4초 들이마시고 4초 멈추고 8초를 내쉬어.

4. 감사한 일을 떠올리기 → 그래도 시험 볼 수 있고 안 다치고 안 아프고 학교 갈 수 있음에 감사. 맛있는 급식 먹음에 감사 등등. 뇌를 속이는

거지.

5. 미소 짓기 → 사실 뇌는 바보라 웃으면 행복한지 안다더라. 그냥 웃는
   거지… 그럼 스트레스를 줄이는 호르몬이 나온대.

자 그럼 오늘도 서희야 너의 뇌를 속이고 훈련시키며 힘내 보자….
언제나 너의 뒤에 엄마가 있음을 떠올리고. 사랑해♥

당신이 두려워하는 일을 매일 하라.

– Mary Schmich(Chicago Tribune, 1997)

당신이 두려워하는 일을 매일 하라.

♥ ♥ ♥

사랑하는 ○○에게

부담감에 대해

사랑하는 우리 딸 서희에게

엄마도 눈이 잘 안 떠지는 아침이네…

우리 서희는 얼마나 무거운 눈꺼풀을 들어올렸을까 싶다. ㅠㅠ

서희가 샤워하는 물소리가 들려.

언젠가 말했듯이 서희 샤워 소리는 엄마에게 그 어떤 알람보다 벌떡 몸을 일으키게 하는 소리야. :) 으쌰~

어제 아빠에게도 얘기했는데 이 세상에 우리 딸 같은 고3이 있을까 싶다.

이렇게 부모 속 안 썩이고 스스로 알아서 하는… 새삼 엄마는 자식 복이 많구나 싶어.

토요일에 부담감에 대해 같이 얘기했잖아.

서희는 정말 너무 큰 장점과 매력이 있어서 이런 공부나 시험 따위의 부담감에 힘들 필요 없어. 엄마는 진심 그렇게 생각해.

엄마 상상에는 사랑받으며 자신 있게 서희 인생을 살아가는 모습이 늘 그려지거든.

이미 서희는 너무 잘 커 주었단다. 오늘도 행복하자. 알았지? 사랑해~

- 내일 도시락 뭘 쌀지 이틀째 고민 중인 엄마가

마음이 상상하고 믿을 수 있는 것은 무엇이든 이룰 수 있다.

-나폴레온 힐

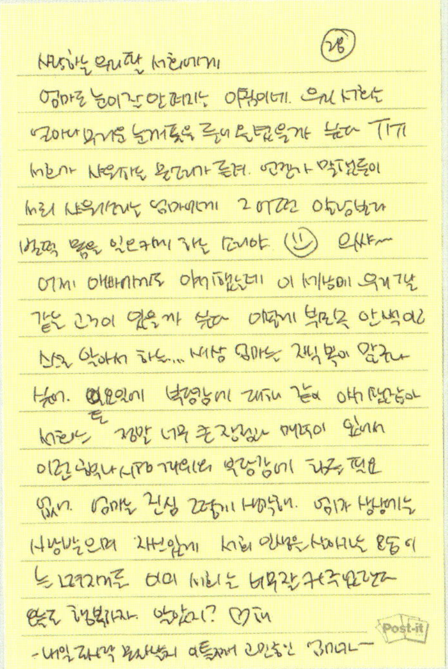

세상에 하나뿐인 서현이에게

엄마를 닮아가는 아현이네. 요새 서현은
엄마랑 �‍‍ 느끼듯이 틈이 안보일까 늘어 ㅠㅠ
서현가 서현가는 몰라가 들려. 언젠가 멀지않을
우리 서현이에게 그 어떤 아쉬움과
별로 믿음 인정해 가는 거야 (^_^) 오빠가

이제 아빠까지 이야기했는데 이 세상에 우리가
같은 가족이 없을까 늘 어떻게 부모의 안쪽으로
되어 알아가 하는... 세상 엄마는 제일 못이 많다
누나. 요요의 변화에 가까이 걸어 아버지와
서현은 정말 너무 존경했던 마음이 있어서
이런 설레나니까 기대와 믿음감이 가득 펼쳐
있어. 엄마는 진심 곧곧이 사랑해. 엄마가 사랑하는
사랑받으며 자란앞에 서현 얼마만 사랑해라는 웃음이
늘 그럼까도 더미 서현는 변화가 가득하겠구나
언제 기억할까라 약속이? ♡냐
- 내일 처럼 무사무사 아름께 그런츄인 오빠가-

9모 (9월 모의고사)

사랑하는 딸 서희에게

오늘은 수능 보기 전 마지막 평가원 모의고사네.

우리 딸 오늘 오래도록 앉아서 시험 보려면 힘들겠다.

전국의 많은 수험생들이 다 볼 텐데도 엄마는 우리 딸 고생하는 것만 맘에 걸리니, 참 역시 딸 바보인가 보다.

시간 싸움 멘탈 싸움이니… 모르는 건 과감히 넘기고. 그리고 무엇보다 호흡하고 주문을 외워.

"할 수 있다고 믿으면 할 수 있다."

"풀 수 있다고 믿으면 풀 수 있다."

"들이마시고 (4초) 멈추고 (4초) 내쉬고 (8초)" → 양궁 선수를 지도한 김주환 교수님 호흡법.

떨리는 순간엔 더 호흡에 집중. 생각에 집중!!

"할 수 있다고 믿으면 할 수 있다." 9모 파이팅~

이제 엄마는 도시락 싸러~

죽밥을 안 만들어야 할 텐데~ ♥해.

당신의 허락 없이는 아무도 당신을 열등하게 만들 수 없다.

- 루즈벨트

수시 학교 정하기

사랑하는 딸 서희에게

이제 정말 선선한 아침을 느낄 수 있는 가을이 왔네.

오늘 수시 학교 원서 결정한다니 엄마가 다 떨리네.

엄마랑 아빠는 무엇보다 서희가 원하는 대로, 그게 제일 중요하니 학교 가서 선생님과 상의해서 도전해 볼 곳, 마음 편하게 넣을 곳, 써 보고 싶은 곳 정하렴.

물론 아쉽겠지만 엄마는 전에도 말했듯이 서희가 이만큼 애쓰고 매일 노력하고 와 준 것도 너무 기특하고 대견하단다. 어제 모의고사 보느라 수고했어.

정말 중요한 건 오답!! 작성하기.

아무리 쉬웠어도 내가 실수한 거 놓친 거 정리하고 넘어가야 해.

실수에서 배우는 거니까.

♥해~

- 엄마가

욕망은 모든 성취의 출발점이다. 욕망은 능력을 꺼내는 열쇠이다.

- 나폴레온 힐

숨겨 둔 우산 같은 엄마

사랑하는 딸 서희에게

비가 추적추적 내리는 아침이네.

예전에 이렇게 비가 한번 오면 날씨가 추워진다고 했는데 그러려나 모르겠다.

엄마가 어제 우산을 안 가져가서 오후에 소나기가 왔었거든. 중간에 우산을 살 곳이 안 보여서 그 비를 다 맞았어. 그러다가 택시를 타니 몸은 떨리고…

원래 비 온다는 예보를 알았는데도 우산을 안 챙겼으니 비 맞아도 싸지만, 오후 내내 힘들더니 오늘도 컨디션이 별로네. ㅠㅠ

그래서 준비가 중요한 것 같아.

평상시엔 그런 차이들이 티가 안 나는데 큰일이 생기면 준비한 사람과 안 한 사람의 차이가 확 나 버리는… 그런 생각이 들었어.

오늘도 비 온대.

그리고 엄마는 서희에게 비 오는 날 숨겨 둔 우산 같은 사람이 되고프다.

가방에 있었는지 몰랐는데 생각나서 꺼내게 되는…

오늘도 힘내자 우리 딸…

60여 일 동안 생각도 못한 소나기도 올 테고 천둥 번개도 칠 테지만 엄마가 끝까지 함께할게. ♥해~

하루하루 나의 성장에 감동해라… 나는 매일 좋아지고 있다…. 잘 될 것이다.

- 마법의 주문

어제의 나를 극복하는 것

사랑하는 딸에게

아침에 서희가 일어나서 이 메모를 볼 때쯤엔 아마 엄마는 한참 운동을 하고 있을 것 같구나. 토요일이니 아마 서희는 늦잠을 자리라 예상됨. :)

이제 다음주에 수시 원서를 쓴다고 생각하니 벌써 엄마 마음이 다 떨리네.

학교 선택도 어렵고 공부도 어렵고… 딱 지금이 어려운 시기네…

"어제의 자신이 지닌 약점을 조금이라도 극복해 가는 것, 그것이 더 중요한 것이다. 장거리 달리기에 있어서 이겨 내야 할 상대가 있다면, 그것은 바로 과거의 자기 자신이기 때문이다."

엄마가 과거 편지에 썼는지 기억이 안 나지만 무라카미 하루키 책에 나온 말이야…

넘 멋짐. ㅠㅠ

8월의 서희, 이번 주의 서희보다 이겨 내는 9월의 서희… 주말의 서희가 되길 바라며.

엄마 보고 싶다고 울지 말고 밥 잘 먹고 있으렴.

- ♥을 담아 엄마가

전략적 사고란 최선의 미래를 위해 한정된 자원을 어느 대안에 투입할 것인지를 정하는 생각 과정을 뜻한다. 선택하고 버리고 집중하자….

성공한 사람들의 작은 루틴

사랑하는 딸 서희에게

지난주 너무 바쁜 일로 또 좋지 않은 컨디션 때문에 루틴이 많이 깨지다 보니 점점 몸이 무거워지는 아침이네.

눈을 뜬 건 한 시간 전인데 딩굴 딩굴 핸드폰 보다가 이제야 일어선다.

Oh My God. ㅠㅠ

"핸드폰 켜는 순간 한 시간인데" 약간 후회가 되네.

이제라도 다시 엄마의 루틴으로 하루를 보내야 할 것 같아.

금요일에 엄마 지인 중 주식 투자를 잘하시는 분과 식사를 했는데 총명한 머리를 유지하기 위해 이분도 매일 절제된 삶을 사시더라고.

아침을 토마토 퓨레와 계란 2개, 서울숲 산책, 책 읽기 하신다 더라고.

엄마가 그래서 또 많이 느꼈어. 아… 정말 성공하신 분들은 작은 좋은 습관들로 인생을 사시는구나… 느꼈지.

서희도 몸이 힘들고 피곤해도 루틴, 최소한의 습관들을 만들고 지키면서 남은 60일을 보냈음 해… 엄마도 서희와 함께 루틴 지키려고 노력할게.

이제 일어나자 공주님! 잠든 지 12시간 지났네.

♥해~

- 엄마가

길은 원래 없었다. 길은 걸어서 만들어지는 것이다.

— 안토니오 마차도

너의 몸에 배어든 자유형 같은 습관

사랑하는 딸 서희에게

어제 저녁에 서희랑 같이 수영하니까 너무 좋더라…

늘 딸이랑 같이 사우나 와서 수영도 같이 하고 서로 등 밀어 주는 모습이 부러웠는데 어제 엄마가 서희 덕분에 행복한 일요일 저녁을 보낸 것 같아. 땡큐~

그리고 서희 수영 오랜만에 하는데 폼도 좋고 잘해서 새삼… 아 정말 무언가를 몸에 익혀 둔다는 것이 얼마나 중요한 일인가 생각이 든다.

특히 어렸을 때 몸에 배도록 연습하거나 익힌 것들은 평생 가져갈 수 있는 자산이 되는 것 같아… 좋은 습관은 그래서 어렸을 때 만들어 두어야 한다는…

속담도 '세 살 버릇 여든 간다' 있잖아.

서희는 어렸을 때 정말 좋은 습관들 훌륭한 자질들을 많이 익히고 가지고 키워 왔으니 지금 이 순간 모든 것들이 더 잘 발현되리라 믿어.

자! 이제 또 다른 한 주의 시작…

크게 숨을 들이마시고 자유형 하듯이 힘차게 나아가 보자. ♥해~

- 멋진 수영을 하는 딸이 부러운 엄마가

수능이 끝나고 해 보고 싶은 버킷 리스트를 적고 상상하며 한번 웃는
아침~!!!!

수시원서 쓰는 날

사랑하는 딸 서희에게

오늘은 서희가 수시 원서를 쓰는 날이네.

어떤 결정을 내릴지 알 수 없으나 그래도 서희가 최대한 원하는 방향으로 정했음 해.

오늘은 엄마가 어제 읽은 책 구절 중 와닿는 부분을 써 주는 것으로 편지를 대신하려 해.

일의 격이란 책인데, 일과 삶의 의미를 발견하는 방법, 〈성숙〉한 삶을 위한 통찰이야.

"나중에 나이가 들어 되돌아볼 때 자신의 삶에 있어서 어떤 순간이 가장 빛나는 순간으로 기억될까? 바로 간절히 원하는데 얻는 것이 너무 어려웠던, 그리고 그것을 이루기 위해 분투했던 순간일 것이다." 엄마는 참 와 닿았던 문구야.

슬램덩크라는 만화에서도 마지막 권에서 강백호가 부상의 위험에도 불구하고 꼭 뛰고 싶었다고 하면서 말하지.

"내 인생에서 가장 빛나는 순간은 지금이라고."

서희에게도 지금 이 순간들이 나중에 빛나던 인생으로 기억되길 바라며.

- 사랑을 담아 엄마가

감독님, 감독님의 영광의 시대는 언제였죠? 국가대표 때였나요?
난… 난 지금입니다!

- 사쿠라기 하나미치(강백호), 슬램덩크

열심히 노력하지 않는 이유

사랑하는 딸 서희에게

어제 수시 원서 쓰고 많이 싱숭생숭하겠구나.

잘될 거야~ 엄마는 정말로 그렇게 생각함!!

그러니까 지난번에 얘기한 대로 마지막까지 내 일정으로, 내 목표대로 하나씩 하나씩 해 나가면 된단다.

아직 우리에겐 60여 일의 시간이 있잖아. (아직 신에게는 12척의 배가 있다가 급 생각나네.) 늦었다고 생각 말고…

엄마도 지금 늦게 일어났지만 이 쪽지를 그래도 잘 쓰고 있잖아.

많은 사람들이 자신은 열심히 노력하지 않아서 성공하지 못한 것이라 생각하지만, 실제로는 실패할까 두려워 열심히 하지 않았다고 하더라고.

내 마음 속 불안과 스스로에 대한 의심을 버리고…

자~ 오늘도 힘냅시다. 할 수 있다고 믿으면 할 수 있다!!

늦어서 글씨가 더 엉망이군… ♥해~

今臣戰船尚有十二 (지금 신에게는 아직 12척의 전선이 있사옵니다.)

- 이순신 장군

도전은 해 봐야지

사랑하는 딸 서희에게

어제 드디어 나머지 수시 원서도 썼네.

많은 고민과 생각들이 많았겠지만 그래도 서희가 생각한 대로 원하는 대로 쓴 것 같아. 경쟁률이 매우 높아서 엄마는 당황스럽기도 하지만 워낙 옛날이랑은 제도 자체가 다르니까… 그래도 수시 넣는 것 보면서 우리 딸이 엄마랑은 다르게 참 목표가 뚜렷하고 자신감이 있다는 생각이 들어서 멋지고 좋았어.

엄마 같음 한두 군데는 낮은 곳을 넣었을 거야. 서희가 소신껏 원하는 대학만 넣는 걸 보고 역시 서희가 엄마보다 낫네 했어.

그래 도전을 해야 이루지… 도전도 안 해 보고 어떻게 알겠어.

잘되는 서희를 상상하고 열심히 도전하고 노력해 보자.

이제 정말 딱 두 달!! 서희의 모든 꿈이 이루어지길 바라며.

오늘 비 온대. 아파서 집에 있을 테지만 밥 잘 챙겨 먹고 힘내자. 사랑해.

- 늘 서희를 인정하고 사랑하는 엄마가

어쩜 이 밤의 표정이 이토록 또 아름다운 건, 저 어둠도 달빛도 아닌
우리 때문일 거야…. 우린 우리대로 빛나… 우리 그 자체로 빛나….

– BTS '소우주' 가사 中

0이 아닌 날

사랑하는 딸 서희에게

명상을 하고 일기를 쓰고 나름 의미 있게 살려고 이거 저거 해 봐도 가끔씩 우울해지는 날이 있는데 어제 할머니가 속상해하셔서 그런지… 엄마도 아침에 기운이 없는 날이네. ㅠㅠ

서희도 그런 날이 있겠지…

게다가 날이 흐려서 오늘은 그냥 침대서 뒹굴거리고 있다가 맛있는 라면이나 끓여 먹고…

급 또 상상하니 그러고 싶구나.

그래도 알지? 0이 아닌 날을 만드는 게 정말 중요하다는 것…

아무리 모든 게 하기 싫어도 최소한 해야 되는 일을 묵묵히 함으로 내일 그리고 내가 매일 하는 일을 줄이거나 더 효율적으로 갈 수 있다는 것.

그래서 엄마도 지금 다시 명상을 하고 스트레칭을 하고 5분이라도 독서를 할 거야.

그리고 주스를 만들고 서희 밥도 차릴 거야.

서희도 0이 아닌 모든 날을 만들어 가길. ♥해.

내일은 토요일 기운 내~

성공한 사람은 습관을 디자인한다.

– 제임스 클리어, 『아주 작은 습관의 힘』 中

Day 39

추석 연휴 없는 고3

사랑하는 엄마 딸 서희에게

추석 연휴가 시작되는 아침이네…

오늘부터 서희는 매일 면접 학원을 가야 하고… 참 고3 재미없다 그치?

하지만 서희야 정말 이제 딱 두 달 남았네. 우리 조금만 더 힘을 내 보자.

이번 주 수시 원서 내고 생각이 많았을 텐데. 늘 엄마가 얘기하지만. 우리
는 상상하지 않는 것을 이룰 수는 없고 생각하지 못하는 것을 해낼 수는
없어.

상상하고 또 상상하고 머릿속으로 그려 보렴.

엄마는 매일 고대를 걸어 다니는 우리 딸을, 연대를 뛰어다니는 우리 딸
을, 그 넓은 교정에서 환하게 웃으며 학교 점퍼를 입고 친구들과 얘기하
는 서희를 상상한다. (사실 서울대였음)

오늘 아침도 상상했어. 우리 서희도 멋진 너를 상상하고 또 노력하고 알지?

"할 수 있다고 믿으면 할 수 있다."

오늘 아침에는 이 글을 읽고 내년 봄 누구보다도 환하게 빛날 서희의 모
습을 상상해 보길 바래. :) 사랑해.

- 엄마가 내일 쪽지는 사진으로 보내 줄게

If you can dream it, you can do it.

꿈꿀 수 있다면, 너는 해낼 수 있다.

- 월트 디즈니

사랑하는 엄마아빠 ○○에게

중간고사가 시작 되는 아침이네. 얼른 더 자고
싶어 몇번 학교를 가야하나... 참 피곤 제미없다 그지?
하지만 지금이 제일 이제 딱 두달 남았다. 우리
조금만 더 해보 내보자. 어쩌면 후회없이 내가
후회이 없을텐데. 늘 엄마가 이야기지만. 우리는
성공하지 않는것을 어렵지는 않고 후회라 옮기는것을
제일두려울까. 상상하면 또 상상해 어려움으로
극복한. 엄마는 매일 그대로 거어대로 우리딸을
연대를 떨어대로 안대로 그넓은 세상에서 힘껏
웃으며 힘차고 정열을 잃고 친구들과 이야기도 (대를
상상한다. (너 친구많음) 엄마아빠도 상상함에
우리 사랑하는 멋진 너를 상상하면 또 행복해 알지?

"할수있다 믿으면 할수있다"

엄마 아빠에는 이룰을 믿고 내년 봄날거보다 힘껏에
빛날 너라서 믿음 상상해보길 바래. ☺

사랑해. — 엄마가 내일죽지는 사인으로 보내줄게 —

상상

사랑하는 딸 서희에게

서희야! 엄마가 할머니와 여행을 와서 아침 편지가 좀 늦었네.

아침도 못 먹고 갔을 텐데 엄마 마음이 안 좋구나.

그래도 서희가 엄마 없어도 잘 일어나서 학원 가는 모습이 역시 우리 서희…라는 생각을 또 하네♥

내년에는 우리 서희도 가족 모임에 당당히 참여하겠지?

우리 딸이 여기 있으면 또 얼마나 사랑 받았을까라는 아쉬움이 들어서…

가족 모임의 꽃인데 우리 딸이…

엄마는 참 우리가 행복하다는 생각이 든다.

가족들끼리 이렇게 화목할 수 있는 것이 감사하지.

내년에 우리 서희가 당당한 대학생이 되어서 이 가족 모임에서 또 여러 의견도 내고 그런 장면을 상상해 본다.

끌어당겨 끌어당겨… 상상 속의 우리 서희 모습을 만들어 보자♥

오늘도 힘내!! 할 수 있다면 아니 할 수 있다고 믿으면 할 수 있다.

- 가평에서 엄마가

Whether you think you can, or you think you can't — you're right.

할 수 있다고 생각하든 할 수 없다고 생각하든 네가 맞다… 할 수 있다고 생각하면 할 수 있고, 할 수 없다고 생각하면 할 수 없다.

– 헨리 포드

사랑하는 딸 서희에게.

서희야! 엄마가 할머니 여행을 위해 야행때까가
좋늘요네. 아빠도 못먹고 같을텐데 엄마 마음이
안좋구나. 그래도 서희가 엄마 있다고 걱정하거나 힘들
까봐 많이 역시 우리서희 — 그래도 사랑은 또 하네. ♡
내년에도 우리 서희는 가족없이 당당히 공부하겠죠?
우리 딸이 여기 있으면 또 얼마나 나랑 났었을까
그래 어떠웋이 좋아 — 가족없이 꼴인데 우리딸 —
엄마는 힘이 없다가 행복하다는 생각이 든다
가족들까지 이렇게 행복할수 있는것이 감사하지.
내년에 우리 서희가 당당한 대학생이 되어서
이 가족없이서 또 여러 일하며 내 고생지면을
생각해 본다. 꿈이담겨 꿈이담겨..
생각 속의 우리서희 모습을 안을려 보자 ♡
오늘도 힘내 !!! 항상 엄마 아빠 항상 있다고
믿으면 항상있다

— 가족에게 엄마 —

너무 많은 생각

사랑하는 딸 서희에게

아침에 일어나서 서희 텀블러를 사 주려고 고르다가 무려 20분이나 흘러 버렸네.

핫하다는 스탠리 텀블러를 사 주고 싶은데 색상도 옵션도 너무 많다 보니 고민이 된다. (결국 너에게 다시 물어봐야 할 듯)

우리도 그런 것 같아. 너무 생각이 많거나 욕심이 많거나 하고 싶은 게 많으면 고르다가 결국 선택을 못 하고 시간만 보내는 경우가 많은 것 같아.

특히 엄마 같은 성격은 넷플릭스에서 볼 영화 고르다가 결국 아무것도 못 보고 20분 정도 허비하는 스타일이거든.

그에 반해 우리 서희는 결단력이 더 좋은 것 같기도 하고.

너무 많은 고민, 생각 하지 말고 뚜벅뚜벅 나아가길 바래…

자 이제 엄마도 서희 아침 준비해 주러 나가야겠다.

연휴인데 내내 학원 가는 게 안쓰럽지만… (하아~ 너무 많은 생각 하지 말고) 힘내. ♥해.

- 스탠리 고민에 아침 루틴 못 한 엄마가

두려움은 불확실성에서 나온다. 불확실성은 행동으로 바꿀 수 있다.

— 스티븐 코비

사랑하는 딸 서희에게 ④
아침에 엄마가 서희 응원하는 서포터로 근데가 와서
20분이나 폭력 버렸네. 한참을 스트레스 험하게
서두르 눌으니 서성도 음파로 너무 많다냐 ♡♡ 나
때문이 돼다. (정말 너에게 다시 욱이 버마야했듯)
우리가 갱년기동아 너와 생각이 많거나 투서이
많거나 귀찮봉하 않으면 근데가 정말 서포터을
웃기고 너가만 본대는 경우가 많아것같다. 특히
엄마는 서포를 닷출박♡♡♡♡ 아서 못 영타 근데가
정말 아무랑도 웃허고 20블정도 해버리는 스타일이거든.
2011년때 우리 서성은 정안경이 더 중한것같드
하니. 너무 많은 고인, 서성 자리 있은 딱딱딱따
너아가기나 바래.- 자 이제 엄마도 서희 아침 준비
해주러 나아야겠다.. 엄뮤인데 나내 학원가는게
앗산컵지만. (당마~ 너무 많은 버각 하지 않은)
힘내 ♡ 화.
— 서희랑 2인에 어입국된 북한 엄마가 —

Day 42

편도체 옆을, 살금살금 지나가

사랑하는 딸 서희에게

오늘은 추석 아침이야.

연휴 내내 공부하는 서희와는 별개로 우리 집은 연휴 내내 수많은 사람들로 북적북적한다. 사실 고3 있는 집은 고3 위주로 돌아가야 하는데, 우리 집은 워낙 화목(?)이 과하다 보니 내일까지도 친척들이 많이 오실 거야.

한편으로는 미안하기도 하지만 한편으로는 서희가 부담 없이 스스로 해 나갈 수 있는 자립의 분위기 조성에도 의미가 있지 않나 싶다. ^^;;;

우리 가족들이 또 얼마나 서희를 믿고 신뢰하나 싶기도 하고…

"편도체 바로 옆을 살금살금 지나가라" 어제 읽은 책인데 인간의 뇌는 본능적으로 변화와 새로움을 거부한단다. 그게 안전하다고 느끼는 거지.

과거에는 그랬겠지만 이제 시대가 변했는데도 아직 뇌는 원시시대에 머물러 있어서 그런 거래. 그래서 뇌의 저항을 이기고 변화할 수 있는 비결은 아주 작게 매일 조심스레 꾸준히 살금살금 지나가는 것. "Aim High, steady."

오늘도 서희의 뇌는 변화를 싫어하고, 누워 있고, 쉬고만 싶겠지만

뇌의 저항을 이기고 서희의 높은 목표를 아주 천천히 지속적으로 하면서 이겨 보렴.

뇌의 속이는 방법 중 하나는 또 미소를 짓는 거야. 즐겁지 않아도…

자 이제 미소를 짓자! 씨익~~ 그럼 행복하게 느낀단다. ♥해. :)

Smile~

- 엄마가

변화를 만드는 가장 좋은 방법은, 아주 작게 그리고 매일 하는 것이다.

— 제임스 클리어, 『아주 작은 습관의 힘』 中

변화를 만드는 가장 좋은 방법은, 아주 작게 그리고 매일 하는 것이다.

사랑하는 딸 ○○에게

엄마 ○○이야. ○○에게 ○○○ ○○○ ○○○ ○○○ ○○○ ○○○ ○○○ 보내 보낼거야. ○○ ○고 있는 말 ○고 싶은 말이야 하는데 ○○○ 말○ 할○(?) 이런거 보낸 ○○○○ ○○○이 없이 ○○○○ ○○○○ 이○○○○ 하지만 ○○○○ ○○○ ○○○없이 ○○ 해 ○○ 없는 ○○○ ○○○○○○ 이○○ 없이 ○○ 났다. ⓜ ;

○○○○○ ○ 엄마나 ○○○ ○○ ○○○○ ○○○○
" ○○○ ○○○○ ○○○ 지내라 " 어제 읽은
○○○○, ○○○○ ○○○○○ ○○○ ○○○
○○○○. ○○ ○○○○ ○○○○ ○○○
○○○○ ○○ ○○ ○○○○ ○○ 없는 ○○○

○○ ○○○ ○○○ ○○○ ○○○ ○○
○○○ ○○○ ○○○○ "Aim High, steady"

○○○ ○○○ 나는 ○○○ ○○○○ 나누었던
○○○ ○○○○ 나의 ○○○ ○○ ○○○
○○ ○○○ ○○○○○ ○○○○ 지켜본
○○○○. 나의 ○○ ○○○○ 지나는 또
○○○○○거야. ○○지 ○○다.
○○○에 이○○ ○○ ! 쎄에 ~ ○○ ○○○에
나간다. ♡ ○.

Smile.

— 엄마가 —

자신의 꿈이 선명한 사람

사랑하는 딸 서희에게

휴일 마지막 날 아침이네. 정말 요즘은 더더욱 시간이 빠르게 간다는 생각이 드는구나.

나이가 들수록 더하다니 이제 엄마는 빛의 속도에 다다를 수도 있어.

서희 연휴 내내 학원 가느라 고생 많았네. 그래도 이 시간을 최선을 다해 노력하는 모습에 엄마가 너무 대견하더라.

연휴 내내 특강이라니 말이야.

"세상은 꿈을 권고하는 사람을 따르는 게 아니라 자신의 꿈이 선명한 사람을 따른다. 자신의 꿈을 선택하고 그것을 선포하면 된다. 그것이 자신을 행복하게도 하고 다른 사람에게도 영감을 준다." 당당하게 자신의 꿈을 선택하고 선포하렴…

저 글을 읽고 엄마는 늘 주관이 뚜렷하고 딸이지만 멋진 우리 서희가 생각났어.

세상은 우리 서희를 따르게 될 거야. 사실 안 따라도 상관없고.

오늘도 힘내자!! 사랑해. 할 수 있다고 믿으면 할 수 있다.

- 엄마가

Everything you can imagine is real.

- 파블로 피카소

사랑하는 딸 서희에게.
꿈은 마지막 날 아침이다. 지금 믿음은 터무득 시간이
빠르게 간다는 사실이 느꼈다. 내가 들수록 그러더니
이제 엄마도 벌써 무릎에 다다른수도 있어.
서희 엄마에게 학원가라고 대답했었다. 그래도 이버를
그래도 대해 노력하는 문들이 엄마가 보다 대견하다.
엄마에게 특별이라고 많이야.
"세상은 꿈을 향하도록 사람을 가르치게 아니라
자신의 꿈이 선명한 사람을 대한다. 자신의 꿈을
선택하고 그것을 선물과면 된다. 꿈이 자신을
행복하게도 하면 다른 사람에게도 영향을 준다"
당당하게 자신의 꿈을 선택하고 선택하렴..
저 글은 읽고 엄마는 늘 자신이 떳떳하고 떳어지면
것점 우마하라가 비밀났어. 세상을 으매 시대를
따라가 되야. .. 서번 안 따라도 상관없고.
항상 힘내라!! 사랑해. 항상 앞에서 믿는다
같이 있다. - 엄마 -

절제와 자기 관리

사랑하는 딸 서희에게

오늘은 추석 연휴가 끝나고 다시 시작되는 아침이야.

물론 매일 학원 다니느라 연휴 같지도 않았겠지만 그래도 더 일찍 일어나서 학교 갈 서희를 생각하니 또 짠하네…

엄마는 조금 체력적으로 힘든 추석을 보냈고, 어제 밤에는 그 여파로 드라마를 몰아 봤더니 오늘 아침엔 살짝 후회가 몰려온다. 일찍 잘걸….

절제와 자기 관리가 성공한 사람들의 미덕인데… 재밌는 드라마를 유튜브로 몰아 보면서 새벽에 잤더니 피곤하기 이를 데 없네.

어른들도 이렇게 자기 절제가 어려운데 학생들은 더 심하지 않을까 싶다.

정말 스마트폰은 필요악인 것 같아. ㅠㅠ

스티브 잡스도 자기 애들은 핸드폰 못 쓰게 했다던데 사실일지도 모르겠어.

서희는 엄마와 달리 자기절제와 관리가 잘 되는 하루를 보내길 바래. 엄마도 오늘은 좀 더 보람찬 하루를 보내 볼게.

사랑해. 오늘도 파이팅!!

- 후회가 가득한 엄마가

절제란 지금 하고 싶은 것과 정말 이루고 싶은 것 사이에서 진짜 원하
는 것을 선택하는 것이다.

– 아브라함 링컨

사랑하는 딸 서희에게

오늘은 축제연극가 끝나는 대시 서희에는 아쉬움이야
물론, 매일 학교 다니느라 연극 준비도 않았었지만
그래도 더 열심 잊어서서 학교 서희를 방송하비
걀 편하네.. 엄마는 걱정 제역장으로 하듯 주거을
보면고 어제 밤에는 그대따라 그려야는 묵아
보았더니 은는 아침인 살짝 후회가 몰려왔다.
역직 잠깐.. 절제만 제 당가 성중간 나무들의
미릭인데 재밌는 그려아을 유득번긴 묵아버렸어
새벽에 잡더니 피따하게 이득게 없네.. 어릭들도
이렇게 제라걸거가 미격운데 자부병들은 러심하리
않을까 싶다. 정말 스카트 톤은 딱은 약인걸 같아.
스래브 장으로 제대 대름은 편르톤 못쓰게 하겠다고
새벽임지는 묵보없어. 서희는 엄마와 딱리 제외제이
같으가 같 리는 피득은 보내길 바래. 엄마로 말은
좀더 보람한 하득를 보내할게. 서희니
은는도 화이팅!! – 폭히가 가득한 엄마가 –

이 시대의 경쟁력

사랑하는 딸 서희에게

서희 굿모닝~ 어제 엄마가 일찍 잠들어서 서희 집에 오는 것도 못 보고 잤네.

이게 루틴이 한번 어그러지니 다시 돌리려면 시간이 좀 걸리나 봐.

우리 딸 어제는 잘 다녀왔을까? 오늘부터 2~3일 비가 많이 온다네.

어제 새벽에 잠시 깼었는데 오랜만에 천둥 번개까지 치더라고…

자연의 힘이 무서운 게 또 그렇게 천둥 번개 치다가도 언제 그랬냐는 듯이 맑고 좋은 하늘을 보여 주잖아.

서희도 지금 치고 있는 천둥, 번개, 비 다 그치고 좋은 날 올 거야.

어제 회사 오랜만에 가서 직원들에게 서희 면접 문제에 대해 얘기해 주었어. 살짝 자랑도 섞었지. 자랑도 너무 눈에 띄지 않게 하려면 기승전 빌드업이 필요하거든…

책을 많이 보고 생각을 많이 하는 우리 서희, 수능 마치면 그 동안 밀렸던 독서도 많이 하렴. 그런 서희가 지금 시대에는 더 큰 경쟁력을 가질 거라 믿어 의심치 않는다.

비 오는 날은 끔찍하게도 싫지만 그래도 오늘도 힘내자.

나는 오늘도 좋은 습관으로 하루를 채우고 나를 만든다!!

- 엄마가

구름 위에는 언제나 태양이 떠 있다.

- Paul F. Davis

어려울 때 드러나는 진가

사랑하는 딸 서희에게

어제 너무 피곤해 보였는데 좀 어떤지 모르겠다. 엄마가 오늘은 회사 일 때문에 아침 일찍 나가야 해서 서희 얼굴을 못 보고 갈 것 같아. 토요일인 데 아빠가 잘 챙겨야 할 텐데 좀 걱정이 되는구나… ㅠㅠ

어제 엄마 선배한테 들은 얘기가 있었는데 사기꾼을 알아내는 방법은 어 려운 일, 갈등을 맞이했을 때 태도를 보면 된대…

그래서 사람을 검증할 때 작은 갈등들을 통해 그 사람의 됨됨이를 알 수 있다더라.

작은 갈등이든 큰 갈등이든 인생에 갈등이 생긴다는 건 불가피한 일인 것 같아.

그때 어떻게 해결해 나가는 게 그 사람의 진가라고 하는 건 맞는 말인 것 같아.

우리 딸도 지금 놓여진 어려움이든 갈등이든 차분히 앉아서 눈을 감고 가 만히 생각해 보면 해결의 방법이 떠오를 거야.

그리고 일단 잘~ 먹자!! 너무 말라서 걱정임.

오늘 엄마 없어도 아침 꼭 먹고 알았지? 사랑해.

- 5시에 나가면서 엄마가

A man is literally what he thinks, his character being the complete sum
of all his thoughts.

인간은 문자 그대로 자기가 생각하는 바이며, 그의 인격은 그 모든 생
각의 총합이다.

- 제임스 알렌

사랑하는 딸 서현이에게   ㊻

어제 너무 피곤해 보였는데 좀 어떠니 걱정된다
엄마가 별일 화내일까봐에 어떻 일찍 나와야돼서
서현 약속을 못봐 간것같아. 특별없는데 아빠가
잘 챙겨야할텐데 좀 걱정돼 😀 되는거나.. 😢
어제 엄마 선배한테 들은 얘기 있었는데 사람을
잃어내도 방법은 여러개 있. 감동을 맞이겠을때 태도를
보면 된다. 그래서 사람은 감동할 때 작은 감동들을
통해 그사람의 평상을 알수 있다더라.
작은 감동이든 큰감동이든 인생의 감동이 나뉜다는건
분명한 일인것 같아. 그때 어떻게 해야하는지
그사람의 진가와 태도가 많든 많이던 같아.
우리 서현도 지금 느껴진 어려움이든 감동이든 하나이
없어서 눈물 같은 기쁨이 내것하게 보면 대가의 방법이
대를거야. 거든 일단 잘~먹라!! 너무 인스타
했음. 딸들 하나없어도 아침꼭먹고 안먹으리!
서현이 - 딸에게 내마음 엄마가 -

지금의 나는 내가 품어 온 생각의 결과

사랑하는 딸 서희에게

엄마가 바쁘다는 핑계로 한 달 정도 독서를 게으르게 해서 다시 한번 마음을 다잡고 있어. 그래서 그제부터 새로운 책을 읽고 있는데 참 좋은 내용이 많구나.

"내면의 생각이 외부의 환경을 만든다." 이게 어찌 보면 참 당연한 말인데 때로 순간 힘든 상황이 되면 금세 잊어버리게 되는 것 같아.

"현재 우리의 모습은 모두 지금까지 우리가 품어 온 생각의 결과이다. 모든 것은 우리의 생각에 기초하며, 우리의 생각으로 이루어져 있다."

우리 서희가 지금처럼 훌륭한 데는 너 스스로 서희를 만들어 온 생각에 기초한다는 거야.

늘 그랬던 것 같아. 서희는 단단한 서희만의 심지를 가지고 끝까지 해내는…

엄마보다도 훨씬 뛰어난 생각과 자질을 가진 딸이야.

자 이제 그럼 훌륭한 따님!!!

오늘도 활기찬 하루 보내자 사랑해.

인간의 오늘은 우연성과 필연성의 만남으로 이루어진 것

– 박경철, 『자기혁명』中

④7

사랑하는 딸 서희에게
엄마가 바쁘다는 핑계로 한달정도 독서를 게으르게 해서
대신한번 마음은 다잡고 싶어.
그래서 그제부터 나무은 틀림없이 없는데 참 좋은
내용이 많구나.
'내면의 변화이 외부의 환경을 만든다'
이게 여러부면 참 당연한 말인데, 현관 하루
생활이 되면 좀새 쉽게 되는 것 같아
'현재 우리의 모습은 먼저 지금까지 우리가 품어요
생각의 결과이다. 모든 것은 우리의 생각에 기인하며,
우리 생각으로 이루어져 있다'
우리 서희가 지향하는 ❶ 훌륭한 데는 너 스스로 서희를
만들어 온 생각에 기인한다는 거야
늘 그랬던 것 같아. 서희는 당당한 서희만의 심지를
가지고 끝까지 해내는……
엄마보다 훨씬 책임감, 당당함 배려나 자질을 가진 딸이야
자 이제 각오 화이팅 -대나b!
오늘도 행복하고 하루 보내라 사랑해 ♡

감사하기의 효능

사랑하는 딸 서희에게

엄마가 그동안 번호를 잘못 체크한 걸 몰랐네. 서희가 엄마 편지를 정성스레 모아 온 걸 보니 기분이 좋구나. 사실 이 편지가 서희에게 스팸이면 어쩌나 매일 걱정하는데 말이야. :)

엄마는 매일 아침 오늘 할 일과 감사한 일을 적으며 하루를 시작해.

물론 요즘은 서희에게 보내는 편지로 시작하지만…

이 감사하기는 정말 놀라운 효능이 있어.

기분을 좋게 만들고 정말 중요하지도 않은 일들에 상처받거나 신경 쓰지 않게 만들거든.

보통 엄마의 감사한 일은 1. 가족 모두 건강하게 아침을 맞이한 것 2. 서희 서연이 무사히 학교에 간 것 3. 부모님 건강한 것 4. 가을이 온 것 5. 엄마가 산 주식이 오르는 것 등등이란다.

서희도 오늘 서희만의 감사하기로 하루를 시작해 보렴.

파이팅!!

Day 48

눈부신 햇살이 오늘도 나를 감싸면 살아 있음을 그대에게 난 감사해요.
부족한 내 마음이 누구에게 힘이 될 줄은 그것만으로 그대에게 난 감
사해요.

– 김동률 '감사' 가사 中

루틴에 대하여

사랑하는 서희에게

가을이 드디어 와 버렸네. 그렇게 더웠었는데 말이야.

이번 가을은 반갑기도 반갑지 않기도 해. 곧 수능이 올 거란 얘기니깐.

힘든 때일수록 최소한의 루틴을 지켜 나가는 게 중요한 것 같아.

학교 가는 것, 밥 먹는 것, 일어나고 자는 것.

특히 엄마는 그것 중에서 핸드폰 하지 않는 것을 넣었음 해.

엄마도 그렇게 핸드폰 잠시 들면 한 시간은 그냥 가더라. 내가 어디에 시간을 뺏기는지 보고 그걸 막는 환경을 만드는 게 중요한 것 같아.

이번 주 서희가 목표한 것들을 이루고 해내는 뚜벅뚜벅의 길을 잘 걷길 바래.

힘들겠지만 이겨 내 보자꾸나. 이제 정말 얼마 안 남았어.

다시 일 년을 이 생활을 하느니 자 이제 50일 파이팅 하자!

할 수 있다고 믿으면 할 수 있다. 해낸다고 생각하면 해낸다. 사랑해~

- 엄마가

It always seems impossible until it's done.

해내기 전에는 모든 게 불가능해 보인다.

– 넬슨 만델라

긍정적 낙관주의에 대해

사랑하는 딸 서희에게

약을 먹고 잤더니 비몽사몽한 아침이네. 역시 자연적인 몸의 상태가 제일 좋은 것 같다.

어제 엄마가 책을 보다가 서희에게 꼭 전해 주고 싶은 내용이 있더라고. 레이 커즈와일이라는 미래학자이자 구글 엔지니어(『특이점이 온다』라는 책의 저자)가 『특이점이 더 가까이 온다』라는 책에서 한 말이야.

"낙관주의는 단순히 미래에 대한 긍정적인 생각이 아니라, 그 자체로 현실을 바꾸는 힘을 가지고 있다고 생각합니다. 더 나은 세상이 가능하다는 믿음은 우리가 그런 세상을 만들기 위해 적극적으로 노력하도록 이끌어 줍니다."

오늘도 파이팅!! 사랑해.

- 낙관주의 유전자를 가지고 있고

우리 서희에게 물려준 엄마가

낙관주의는 단순히 미래에 대한 긍정적인 생각이 아니라, 그 자체로 현실을 바꾸는 힘을 가지고 있다고 생각합니다. 더 나은 세상이 가능하다는 믿음은 우리가 그런 세상을 만들기 위해 적극적으로 노력하도록 이끌어 줍니다.

– 레이 커즈와일

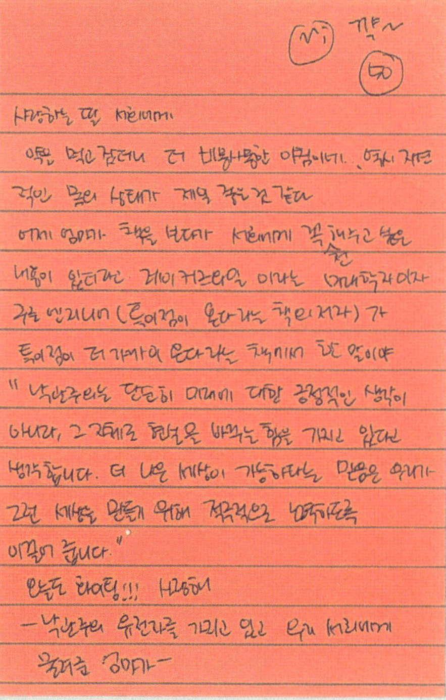

50을 지나 49로

사랑하는 딸 서희에게

어제 좀 일찍 자서 그런지 컨디션이 좋은 아침이네.

우리 서희는 어때? 이제 50일을 지나 49로 내려온다.

아침 이 시간에 원래 환했는데 어두워지고 시간은 참 잘 흘러가. 엄마도 갱년기라 그런지 감정의 기복도 크고 몸이 피곤하고 마치 사춘기 애들 같네…

그렇지만 꼭 해야 하는 일들… 엄마에게는

1. 너희를 돌보기 2. 운동하기 3. 책 읽기 등등은 아무리 내가 힘들어도 해내려고 해.

이제 체력은 점점 힘들어지고 멘탈도 힘들어지겠지만, 마지막 날 10시까지 공부하는 엉덩이, 무겁고 꺾이지 않는 뚜벅이 정신이 결국 원하는 것을 이루겠지.

서희야~~ 맛있는 거 사 먹고 힘내자!! 오늘은 대치동 가지? 이제 7주!! 럭키 7.

사랑해~ 한다고 아니 할 수 있다고 믿으면 할 수 있다.

나는 내가 바라고 원하는 상상의 산물이다.

- 엄마가

상상은 모든 것이다. 그것은 앞으로 인생에서 펼쳐질 일들의 예고편
이다.

– 알베르트 아인슈타인

사랑하는 딸 ○○에게

어제 종업식 가서 1학기 성적표로 좋은 영광이네
우리 ○○이 어때?

이제 방학을 지나 4학년 되었다. 여름이니까
옥매 힘들었는데 이루었고 방학 동안 잘 놀아가
엄마도 직장에 다 그래서 감사해 기특도 크고 많이 컸다고
다시 ○○에 어울 같이 그렇지만 꼭 커야 하는 일들
○○에게는 나름을 통해서 "운동하기" 책 읽기 등등은
여러 나가 약속한걸 해나가고 해...

이제 ○○처럼 점점 커줄거라고 믿었고 기대하지만.
아직 너는 10살이니 완벽하는 영광이 오길
끝이나 앞날 목표에 재미있고 꿋꿋 열심히 한것을 이루었어
사랑해 ~ 알았는가 봐야고 잊어라!!! 언제나 맘대로
기도? 이제 미주!!! 럭키야 ♡ 해
한걸 아니 하지 있다고 믿으면 ○○있다
너의 바쁜 알아준 방법이 사랑이야 – 엄마 –

중요한 것은 꺾이지 않는 마음

사랑하는 딸 서희에게

벌써 목요일 아침이네. 엄마만 그렇게 느끼는 건지 점점 시간이 더 빨리 가는 것 같아.

서희는 물론 이 50일을 하루처럼 지나가고 싶겠지만 말이야. 요즘 엄마는 갱년기를 시작하고 있어. 열이 올랐다 내렸다 하고 피곤하고 감정의 기복을 느끼고. 신체의 변화를 가진다는 건 특히 노화에 있어서 속상한 일이지만 나름대로 긍정적으로 받아들이려고 해.

어제 서희가 본인 컨디션에 맞춰서 수업을 영상으로 듣겠다고 한 건 잘한 일이야.

이제 50일, 너의 컨디션, 너의 일정을 가장 잘 아는 사람은 서희 니까 몸 상태 파악하면서 지치지 말고 가 보자. 3월인가 서희 학교 방문했을 때 네가 써 준 편지가 엄마는 내내 마음 속에 남아. 중요한 것은 꺾이지 않는 마음… 중꺾마.

엄마도 서희도 힘든 시기지만 중꺾마 하자꾸나.

할 수 있다고 믿으면 할 수 있다!! 사랑해.

느려도 좋으니 결국 알게 되길.

The one and only, You are my celebrity.

— 아이유 'celebrity' 가사 中

하루하루 지혜로워지는 거야

사랑하는 딸 서희에게

서희 잘 잤어? 엄마가 요즘 거의 할머니 수준으로 일찍 잠이 들어서… 너희들 잠든 것 보고 잘 때가 있었는데 말이야.

나이가 든다는 것은 약간 슬픈 일이기도 한 것 같아. 신체적인 측면에서는… 하지만 모든 일에 pros, cons가 있기에… 정신적으로 여유로워지고 마음이 편안해진다는 측면에서는 엄마는 지금의 나이도 나쁘지 않구나.

서희가 나중에 2024년 지금을 어떻게 기억할지 모르겠지만 엄마가 이 편지를 남기는 것도 하루하루 열심히 노력했던 서희의 발자취(?)를 남겨 주기 위해서야.

오늘도 너는 일어나서 샤워를 하고 힘들지만 또 밥을 먹고 열심히 노력하겠지?

엄마는 매일 상상해. 내년에 예쁜 캠퍼스에서 눈부시게 빛날 서희를…

자 오늘도 더 늙어 가는 우리가 아니라, 더 지혜로워지고 여유가 생기는 우리가 되자.

파이팅!!

어느 하루 눈부시지 않은 날이 없었습니다.

지금 삶이 힘든 당신, 이 세상에 태어난 이상 당신은 이 모든 걸 매일

누릴 자격이 있습니다.

대단하지 않은 하루가 지나고 또 별거 아닌 하루가 온다 해도 인생은

살 가치가 있습니다…

– 드라마 '눈이 부시게' 나레이션 中

새벽 4시 30분

사랑하는 딸 서희에게

오늘 엄마가 집에 없어서 주말인데 서희 케어 못 해 줘서 미안하네… 가뜩이나 평소에도 바쁜데 주말에도 이렇게 집을 비우면 엄마 마음이 너무 안 좋구나. ㅠㅠ 어제 많이 피곤했어? 일찍 자더라고…

오늘 엄마 없어도 밥 잘 챙겨 먹고 아빠한테 태워 달라 하고 알았지?

지금 새벽 4시 30분이야.

엄마도 너무 피곤하지만 꼭 해야 하는 일… 나의 최소를 하는 모습은 우리 딸에게 보여 주고 싶어서 편지를 꼭 쓰고 가려고.

언제나 엄마보다 더 잘… 열심히 자기 일 잘 하는 서희지만 시간이 이제 점점 다가오면 지치기도 하고, 또 포기하고 싶겠지만 매일매일 뚜벅뚜벅 갈고 닦았던 모든 실력들이 결국 하나로 빛을 발할 거라 엄마는 믿는다.

사랑해 우리 서희. 오늘도 힘내자. 할 수 있다고 믿으면 할 수 있다.

멈추지 않으면 얼마나 천천히 가는지는 문제가 되지 않느니라.

- 공자

원하는 방향으로 환경을 만들자

사랑하는 딸 서희에게

오늘은 딱 산책하기 좋은 가을 날씨네.

엄마 일찍 일어나서 나갔다 오고 싶었는데 뒹굴뒹굴 게으름 피다 이제서야 일어났어.

(그놈의 유튜브 ㅠㅠ 시간 보려다 넘어가서 30분 봤네.)

엄마처럼 의지가 나름 강한 사람도 힘든데 보통 사람들은 핸드폰이란 게 안 보는 것이 얼마나 힘들지 상상이 되지 않니?

그래서 사람은 주변 환경을 내가 원하는 방향으로 세팅해 놓는 것이 정말 중요해. 핸드폰을 끄고 몰두할 수 있는 시간과 공간을 만들고 공부도 내가 하기 싫거나 잘 모르는 부분을 먼저 하거나 일부러 한다든지… 자극이 되거나 동기가 되는 문구나 사람을 떠올린다든지 말이야…

자 이제 45일!! 매일 모르던 것 한 문제씩만 맞히면 서울대 수능 만점이다! 파이팅~ :)

포기하고 싶을 때 한 문제 더 풀어라. 너의 노력은 절대 배신하지 않는다.

— 현우진 선생님

건강은 모든 것의 기초

사랑하는 딸 서희에게

오늘은 9월의 마지막 날이야. 우리 딸 9월 한 달 어떻게 보냈는지… 엄마가 볼 땐 최선을 다하려고 노력했던 것 같은데…

엄마는 9월을 조금 아쉽게 보냈어. 아마 가장 큰 이유는 허리를 다쳐서일 것 같아. 허리가 다쳐서 운동을 못 하고 아프고 하면서 많이 게을러지고 모든 루틴이 조금씩 어긋났었던 9월이었어.

결론은 우리가 목표한 것들을 하기 위해서 가장 중요한 것은 건강이라는 것!!

지금 서희도 운동을 따로 할 시간은 없겠지만, 적어도 건강식으로 먹으려고 노력하고 호흡 길게 하고 스트레칭 중간중간 해 주고 좀 걷고… 가장 길게까지 레이스를 펼치기 위해 지금 상황에서 할 수 있는 자기 몸 관리를 하자!!

10월 되면 정말 마지막 달이다 싶어. 또 마음이 조급해질 수도 있거든. 알았지?

우리 딸 오늘도 사랑해♥ 중간고사 잘 마치고 오렴. 할 수 있다고 믿으면 할 수 있다.

건강을 잃으면 모든 것을 잃는 것이다.

— 독일 속담

사랑하는 딸 서원이에게

안녕 우리딸 머리말 났이야. 우리딸 요번 한달 어떻게
보냈니~ 엄마 볼때 힘들고 대해서 보낸것같은
같은데... 엄마는 요번을 건강 아팠기 보셨어 아야 가장
중요한 건강을 다쳐서 안된단다. 엄마가 다쳐 요번은
몸이 아프고 하면서 많이 걸을하고 문득 우리딸 건강이
어찌됐을지 우리딸이 건강한 우리가 좋은한 것들은
제일위에서 가장 소중한것은 건강이라는 것!!
가능 해서도 운동을 대로 한 시간을 맞춰지만. 적어도
건강식으로 먹으려 노력하는 흔흔 같이 가는 스트레스
중간중간 해주고 좀 걸고... 가장 김거끼미 라이속
동해나부대 잠 상하기에 감득 있는 제 몸상해를
하자!! 10월되면 정말 아매도 맞이라 쉬어 또
마음이 건강해 걸수로 있어줄. 안알지?
요번 편지 서원아 ♡ 힘내라 잘 버티고 요번
힘낵 알딸 알으면 끝수 있다

마지막 중간고사

사랑하는 딸 서희에게

학교에서 치르는 마지막 중간고사는 어때? 일요일 저녁에 서연이랑 같이 공부하고 서연이 공부 도와주는 모습 보니 엄마 마음이 너무 뿌듯하더라고.

내년에는 아마 서희가 서연이 공부를 지도해 줄 수 있지 않을까 싶기도 하고… 10월의 첫날이야. 서희에게는 하루하루가 긴 시간이겠지만 엄마는 벌써 10월이구나 싶어.

이제 마지막 40여일 우리의 구호처럼 뚜벅뚜벅… 서희의 갈 길을 또 천천히 걸어가면 어떨까 싶어. 중요한 것은 꺾이지 않는 마음.

어차피 열심히 하든 안 하든 이 마지막 한 달은 모든 수험생에게 힘든 시간일 텐데…

마지막까지 최선을 다하는, 그래서 후회를 남기지 않는 서희가 되길. 그리고 엄마도 너에게 약속한 이 편지를 끝까지 해 볼 테야.

할 수 있다고 믿으면 할 수 있다!! 사랑을 가득 담아 엄마가.

P.S. 마지막 오르막길이고 너 뒤엔 항상 엄마가 함께 있단다. ^^

더 이상 오를 곳 없는 그곳은 넓지 않아서 우린 결국엔 만나…

– 정인 '오르막길' 가사 中

사랑하는 딸 서희에게

감정이 복잡할 땐 몸을 움직여

사랑하는 딸 서희에게

이젠 제법 아침에는 쌀쌀해서 이불 속으로 더 들어가고 싶어지는 날씨야.

서희 잘 잤니? 엄마는 요즘 갱년기 증상으로 감정의 기복이 좀 생기고 있어. 좀 다운된다고 해야 하나? 근데 그런 엄마가 싫어서 될 수 있음 바쁘게 지내려고 해.

서희도 감정이 뭔가 복잡해지면 몸을 움직여서 의식이 몸을 따라가게 만드는 것은 어떨까 싶어. 하긴 서희는 T라서 F 보다는 감정의 과다 현상은 없을 것 같긴 하다.

그래도 의식이 몸을 지배하게 하자. 오늘만 가면 또 내일은 쉬네.

고3에게 큰 의미는 없겠지만… 오늘 섬 잘 보고 내일은 우리 맛있는 거 먹자~

옷 따뜻하게 입고 가. 사랑해 우리 딸♥

할 수 있다고 믿으면 할 수 있다. 배움은 습관이다.

나는 오늘도 좋은 습관으로 하루를 채운다.

감정이 복잡할 땐 몸을 움직여

배움은 습관이다.

– 신수정, 『일의 격』 中

사랑하는 딸 OO에게
이제 제법 아침에는 쌀쌀해서 아침저녁으로 더 두꺼운
옷에는 날씨야 그지 않니?
엄마는 요즘 감기가 들어서 감정의 기복이 좀 생기고
있어. 좀 예민해진 거야 하나? 근데 요건 엄마가
날씨에 되는 않음 바뀌게 지내면서 그게
서련고 감정이 올라 복잡해지면 몸을 움직여서 대충이
몸을 거뜬하게 안드노라고 애쓰고가 났다.
하지 바쁘는 그게지 두 번째는 감정이 과내편안으로
애쓰고 같다 가다. 그래도 이번이 몸을 지내버리게 그다.
운동은 가볍게 또 내일은 워내. 그에게 굳히나는
많겠지만.. 언젠가 잘 보고 내일은 우리 막일들이
꽃자~ 옷 자락에네 입고가
사랑해 우리딸. ♡
갔다 왔다고 있보면 답이 있다
배움은 습관이다 나도 오늘도 꾸준히로의 하루를 지낸다

결국 와 버린 가을

사랑하는 딸 서희에게

하늘이 푸르른… 짧고도 짧은 가을이 왔어. 가을 하늘 높고 공활하다고 애국가에도 나와 있잖아.

오늘은 가을 하늘 보면서 피로한 눈도 좀 쉬고 날씨 구경도 하는 서희가 되길 바래. 마지막 중간고사 준비로 바쁘겠지만 말이지…

내년 이맘때 서희는 어디에 있을까? 여행을 떠났을까? 야구를 보러 다닐까? 아님 자고 있을까?

흠… 연고전 하느라 바쁠 수도 있겠네.

이 모든 즐거운 상상은 오늘의 피곤함을 조금은 덜어 주지 않을까 싶네.

욕망은 상상을 이길 수 없다 하니 자꾸 상상하고 자꾸 자꾸 생각하렴.

자! 그럼 오늘도 무사히 & 열심히 합시다. 파이팅!!

It ain't over 'til it's over.

– Yogi Berra(전설적인 야구 선수, 감독, 코치)

사랑하는 딸 소현에게
하늘이 푸르고… 짧다고 짧은 가을이 없어. 계속하던 늦은
꽃향기라도 어지러워라 내내 없었어. 오늘은 가을하늘
밝게 따뜻한 늦고 등 우리 날씨 걱정도 하는 소현이가
되고 싶어.
마지막 졸업이라 준비로 바쁘겠지만 않으리… 내년 이맘
때 서현는 어디에 있을까! 여기말로 떠나왔을까!
어디로 놀러 다닐까! 아님 집에 있을까! 꼭. 연락은
자주가 바쁘다고 않겠는데. 이 말로 즐거운 방도는
많이 따뜻함을 걸음 적어주지 않을까 언제나
욕망은 방법은 어찌든 있다 하며 자주 방법하고
자주 자주 사랑하니까.
자! 기쁨 앞으로 무리 & 더욱이 힘냅시다
화이팅!!!

Day 60

궁금해지는 너의 미래

사랑하는 딸 서희에게

선선해지는 가을이 왔다 싶더니 아침에는 벌써 여간 서늘하고 추운 게 아니구나. 서희 오늘 따뜻하게 입고 가.

아침에 이불 속에서 꼼지락 하고 싶은 걸 간신히 물리치게 되네.

오늘 중간고사 계속이지? 혹시 또 모르니 그래도 최선을 다해서 잘 보고, 잘 찍기도 하고 하렴. 요즘 엄마는 개그우먼 이수지가 참 좋더라고…

어떻게 그런 재능을 타고났을까… 얼굴이나 몸매가 좋진 않지만 남을 따라 하는 연기, 또 자신만의 연기로 젊은 친구가 대단한 성장을 이뤄 가더라고.

남을 잘 따라 한다는 건 관찰력이 좋다는 거거든. 거기에 자신만의 노력이 더해져서 사람들에게 깊은 인상을 주는 것 같아.

우리 서희는 뛰어난 분석력과 리더십 그리고 지식을 뛰어넘는 지혜가 있다고 엄마는 생각해. 많은 서희의 장점들이 서희를 어떤 삶과 인생으로 이끌지 궁금해지네.

자~ 그러기 위해 오늘도 "중꺾마" 하는 서희가 되자.

할 수 있다고 믿으면 할 수 있다!! ♥해.

Day 60

비교하지 마, 너만의 속도가 있어.

- 개그우먼 이수지

⑥⓪

사랑하는 딸 서연이에게.

서운해지는 기억이 없다 싶으니 아침에는 벌써 영하 시즌
하루 추운데 어쩌나. 서연 많은 따뜻하게 입은가.

요즘에 이불속에서 꼼지락 꾸며넣을까 하다가 환나절이 되네.
뭐 중한라 계속이지? 특히 할 말이나 재고 해보면 갈래서
잘 보고 잘 적기다려진 마음.

문득 엄마는 제2우먼 이수지가 참 멋지더라 ..
어떻게 저런 재능을 타인났을까 ... 멋있어나 봄때가
좋진 않지만 너를 대가하는 연기 꾸준 재능안의 면모라
젊은 친구 대단한 사람들을 이루거리며 .. 너를 잘 대가한다
놀고 괜찮겠어 끝없다거리도 .. 거기에 재밌먼의 노력이
더해져서 사랑스럽게 같은 인상은 주는건 같아.

우리 서연는 딸에는 방영우라 그러닸 그리고 재능 뭐어
당는 재능가 있는 엄마도 행복가. 멀리 서리의 장점들이
서리를 어떤 닮과 인내으로 이룩지 궁금과 기비.
자~ 그러기 위해 당조 "증껶마" 하는 서리가되라
같추 앞으로 많은만 함두있다!! ♡ 엄마.

불꽃 축제

사랑하는 딸 서희에게

오늘은 엄마가 운동 갔다가 불꽃놀이를 직관하러 가려고.

지난번에 엄마가 얘기했던가. 엄마가 불꽃 축제 직관이 버킷 중 하나라고 말하고 다녔더니. 여의도 높은 건물 펜트하우스 층에 일하시는 대표님이 오늘 저녁 초대해 주셨어.

아주 사소한 일이지만 엄마는 아… 하고 싶은 일을 계속 생각하고 얘기하면 이렇게 하나씩 이루어지는구나. 이런 경험을 했단다.

그래서 오늘 아침까지만 챙겨 주고 엄마는 나가야 해. 괜찮지?

이제 편지의 숫자가 60대로 바뀌었고 곧 100으로 가겠지? 엄마 오늘 화려한 여의도 불꽃을 보면서 서희의 화려한 내년을 상상해 볼게.

우리 서희 오늘 생리해서 컨디션이 너무 힘들겠지만 그래도 0이 아닌 날을 만들고 뚜벅뚜벅 이 하루를 너의 좋은 계획과 습관으로 채워 가는 것이 중요하다 생각해.

힘내자!! 사랑해. 무엇이든 할 수 있다고 믿으면 할 수 있다.

- 엄마가

Dearest, Darling, My universe 날 데려가 줄래?

나의 이 가난한 상상력으론 떠올릴 수 없는 곳으로…

– 아이유 'Love wins all' 가사 中

(24년 한화 불꽃 축제 대한민국 순서 첫 곡)

언제든 쉬어 가렴

사랑하는 딸 서희에게

제법 쌀쌀해지는 아침이네. 어제 그제 엄마가 내내 바빠서 서희가 주말을 어떻게 잘 보냈는지 모르겠다. 지난주는 퐁당퐁당이라 서희가 그래도 괜찮았을 것 같은데. 그치?

오늘 이제 마지막 시험이니까 마무리 잘하고 맛있는 것도 사 먹고 하렴. 그래도 이번 주도 수요일이 휴가라 좀 낫지 않니? 9월~10월은 직장인들이나 학생에게는 선물 같은 달인 것 같아.

사업하는 사람들은 너무 많이 쉬는 게 속상하겠지만 직장인들이나 학생들에게는 날씨 좋은 가을에 그래도 여유를 가지고 쉴 수 있는 달인 것 같아.

내년에 서희는 아마 신나게 여기저기 다니며 이 계절을 즐기지 않을까 싶다.

자 오늘은 일본어 시험이지? 전공 과목으로 마무리를 하는 게 또 나름 의미가 있는 것 같네. 서희 그동안 시험 보느라 고생했다.

오늘도 행복한 하루 되렴. 사랑해.

お元気ですか？ わたしは… 元気です。

잘 지내세요? 저는… 잘 지내요.

— 일본 영화 'Love letter'의 유명한 대사

Day 63

최선을 다하는 게임

사랑하는 딸 서희에게

몸이 천근만근 무거운 아침이네… 이렇게 생각하면 더 그렇게 느껴질 테니까… 컨디션 좋다!!! 라고 생각해야 하는데 말이야. 엄마는 요즘 갱년기 증상 때문에 힘들어하고 있어. 앞으로 몇 년 더 지속될 거라고 하니 걱정이 되지만… 역시 잠을 푹 자지 못하고 계속 깨는 것이 힘들구나.

서희 어제 시험 마치고 쉬었니? 이제는 정말 딱 하나 수능만 남았구나. 전국 모든 재수생, 수험생이 오로지 그 시험 하나 가지고 지금 이 순간 경쟁한다고 생각하면 갑갑할 수도 있겠지만 반대로 게임을 한다고 생각해 보면 또 긍정적으로 느껴질 수도 있지 않을까?

꺾이지 않는 마음으로 결과를 알 수 없는 스트레스를 견디고 마지막까지 최선을 다하면 이길 수 있는 그런 게임 말이야.

자~ 오늘 엄마는 늦잠을 자서 마음이 급하구나…

서희 오늘도 파이팅!! 할 수 있다고 믿으면, 할 수 있다!!!

수면이야말로 최고의 명상이다.

- 달라이 라마

너무도 빨리 가는 시간

사랑하는 딸 서희에게

이렇게 중간에 쉬는 날들이 있어서 얼마나 좋아?

주3일제 주4일제면 모든 근로자들이 회사를 정말 오래오래 다니고 싶어 할 것 같아. 사장들은 힘들겠지만…

점점 시간이 빨리 지나가는 것 같아. 서희는 어떨지 모르겠다.

이제 정말 한 달 정도 남았네. 이 좋은 날씨에, 이 좋은 나이에 앉아서 공부만 한다는 게 때로 속상할 수도 있겠지만. 서희야 이제 딱 한 달 최선을 다해 한 달에 끝내 보자꾸나~

내년 일 년 치 운 한 달에 다 부어 버린다 해 보자꾸나.

오늘 집에 손님들 오신다니 대치동 가서 공부하는 것도 괜찮을 것 같아.

우리 딸 오늘도 파이팅!! 할 수 있다고 믿으면 할 수 있다. 뚜벅뚜벅~ :)

- 엄마가

계절이 지나가는 하늘엔 가을로 가득 차 있습니다.

나는 아무 걱정도 없이 가을 속의 별들을 다 헤일 듯합니다.

— 윤동주, 「별 헤는 밤」 中

아픈 너에게

사랑하는 딸 서희에게

서희가 조금 전 와서 심장이 또 많이 뛴다고 하네. 엄마가 제일 걱정되는 말이야…

우리 딸 심장 ㅠㅠ 시험이 다가오면 긴장이 되니 또 부정맥이 자주 그럴 수도 있을 거야. 엄마는 오늘 유투브로 호흡법을 좀 더 찾아볼 테니 심장이 빨리 뛰거나 머리 아플 때 호흡법으로 해 보자.

명상과 호흡은 사실 정말 중요하단다. 우리 몸은 과학적으로는 호흡에 기반한 화학 작용이잖아. 천천히 깊게 호흡하면서 조금 템포를 낮춰 보자꾸나. 욕구는 상상을 이길 수 없다고 했지? 호흡하면서 상상하고 편안한 너를… 웃는 너를 그려 보렴. 훨씬 나아질 거야.

엄마는 오고 가면서 음악도 듣지만 호흡법이나 명상 짧게라도 하거든. 그럼 스트레스가 조금 가라앉는 게 느껴진단다.

서희도 엄마 잔소리라고 생각지 말고 학교 등하교 시 한번 해 보면 좋겠어. 우리 딸 사랑해.

우리를 해치는 건 스트레스 그 자체가 아니라, 그것에 대한 우리의 반응이다.

– Hans Selye(한스 셀리예, 스트레스 이론의 창시자)

사랑하는 딸 서현에게 ㉕

결국 좋은 결과를 맞이하게 될 거야

사랑하는 딸 서희에게

이제 해가 뜨는 시간도 점점 늦춰지네. 계절의 힘이 정말 무섭다.

날씨가 쌀쌀해지면 아침에 점점 일어나기 어려운데 수능 보러 가는 날은 또 얼마나 추울까? 15분 전에 일어났는데 꼼지락거리다가 서희 일어나는 소리를 듣고서야 펜을 든다.

생각의 연금술이란 책을 보기 시작했는데 좋은 문장이 참 많지만 엄마는 이 문장이 좋았어. 결국 '좋은 결과'를 맞이한 당신과 당신의 삶.

서희는 결국은 좋은 결과를 맞이하게 될 거야. 늘 성실하게 하루하루를 열심히 살기 때문이지.

"사람을 성공하게 하거나 몰락하게 하는 것은 다른 누구도 외부 환경도 아닌 자기 자신"이라는 틀에 박히다 못해 공식 같은 문장을 한 번 더 생각해 봐.

결국은 나를 만드는 것은 나의 생각과 나의 의지고,

오늘도 서희는 결국은 좋은 결과를 만들어 낼 거야. 사랑해.

변화는 즉각적으로 나타나지 않으며 즐겁거나 쉬운 과정도 아니다. 인간은 성장의 대가로 자연에게 노력과 인내라는 화폐를 지불해야 한다.

- 하와이 대저택 엮음, 『생각의 연금술』 中

열심히 사는 청춘들

사랑하는 딸 서희에게

엄마는 어제 valley AI라는 세미나를 다녀왔어. 젊은 사람들이 만든 주식 플랫폼인데 교육을 시켜주고 분석 툴을 만들어서 도와주는 곳이거든.

놀라운 건 200여 명 가까운 사람들이 주말에 모여서 열심히 노력하는 모습이었어. 거의 다 젊은 남자애들이 주식 투자를 위해 정말 열심히 노력하더라고. 요즘 젊은 애들은 노는 것에만 관심 많다느니 꿈이 없다느니… 하는데 엄마가 보기엔 그 말은 잘못된 것 같아.

그러면서 어서 빨리 우리 서희도 입시 마치고 다양한 것들을 배우고 느끼고 경험했음… 하는 생각이 들더라고.

우리 딸에게 펼쳐질 멋진 시간들을 생각하면 엄마는 항상 웃음이 나곤 한단다. 이제 한 달, 서희 힘들겠지만 마지막까지 힘내자꾸나. 중요한 것은 꺾이지 않는 마음!! 파이팅 사랑해.

어제보다 1% 더 나아진 오늘이 쌓이면, 미래는 전혀 다른 곳에 도달
해 있다.

- 제임스 클리어, 『아주 작은 습관의 힘』 中

월요병 없는 수험생

사랑하는 우리 서희에게

이제 또 새로운 한 주가 시작되는 월요일이네. 월요일 아침은 직장인들과 학생들은 쉽지 않지만 어차피 고3들은 월요일이나 금요일이나 비슷하니까 월요병은 없겠다. 염장이냐고? ㅋㅋ

그게 아니라 이렇게 작은 것에도 긍정적으로 밝게 기분 좋게 생각하라고… 이제 딱 오늘로 한 달이 남았는데, 앞으로 매일 서희가 스스로에게 긍정의 말로 기운을 불어넣어 주면 좋겠어. 우리 딸은 언제나 끝까지 해서 본인이 원하는 걸 이루어 왔으니까 엄마는 서희가 잘 마무리하리라 믿어. 사랑해.

엄마가 화장실이 급해서 오늘은 여기서 이만~

오늘도 행복한 일을 찾고 또 재밌는 일을 만들고 웃으며 뚜벅뚜벅 걸어가 보자꾸나.

- 엄마

월요일은 주말이 우리에게 얼마나 위대한 존재였는지를 상기시켜
준다.

— 작자 미상

사랑하는 은재딸에게. (68)
이제 막 방송은 한달가 시작쳐는 원없이다
원없이 야한 직장인들과 꽉볍듣 달러웠지만
어라떠 감동은 없었이나 급있이나 비슷하니
까 유새방은 믿겠다. 영정이나는 ㅋㅋ
래 아니라 이렇게 복잡미요 곱곱적이
번께 기발롭게 나방이나고... 여자 꼭 은능은
한건의 남았는데. 6늘과 대요 (바바 O오라에게
공걸이 많고 기뭉은 복이넘가주어 짝걹다
원았음 언제나 뜰께비 그나 복인이 원하는건
이누어닸으니까 였어득 서도사 잔 비밌라가바서
마요.
영재. 영마가 태상이 흐개써 냊은 여기
이야요~ 은녀도 다벌갌 있은 준는 끌 재미노냊은
마는는 은으며 똑빛똑바 빌기가 바나라나
— 엄마 —

마지막 모의고사

사랑하는 딸 서희에게

오늘 마지막 모의고사 날이네. 하루 종일 시험 보려면 애 많이 쓰겠어. 우리 딸 고생이 많아요~ 그래도 이제 마무리 단계니 우리 조금만 더 힘을 내보자꾸나. 엄마도 남은 하루하루 우리 딸 위해서 기도도 많이 하고 좋은 일들 더 해 볼게.

상상하는 대로 생각하는 대로 믿는 대로 다 이루어질 거야~

자!! 그럼 한 번씩~ 웃고 또 힘차게 하루 보내자.

할 수 있다고 믿으면 할 수 있다!! 사랑해.

- 엄마가

두려움은 좋은 신호다. 두려운 일을 해내는 사람이 성공한다.

– 그랜트 카돈, 『10배의 법칙』 中

실수까지가 시험

사랑하는 딸 서희에게

어제 시험 보느라 고생했네 우리 딸~ 몇 과목 아쉬움이 있더라도 국어 100점 맞은 건 정말 대단한 것 같다. 그 어려운 수능 지문을 실수 없이 읽다니… 역시 멋진 우리 딸~

수학 계산 실수가 속상하겠지만 그것까지가 시험이니까 우리 한 달 동안 시간 안에 타이트하게 푸는 연습 많이 하자~

이제 정말 고지가 얼마 안 남았어 우리 딸~

마지막까지 아무리 느려도 뚜벅뚜벅 걸어가는 사람이 결국 정상에 가는 거야.

중꺾마!! 파이팅.

모든 순간이 다아 꽃봉오리인 것을,

내 열심에 따라 피어날 꽃봉오리인 것을…

– 정현종, 「모든 순간이 꽃봉오리인 것을」 中

셀프 가스라이팅

사랑하는 딸 서희에게

요즘 엄마 회사가 일이 많아서 엄마가 늦게 오게 되네⋯ 우리 딸 잘 잤어?

엄마도 요 며칠 야근하고 하다 보니 몸이 피곤하구나. 우리 딸도 많이 피곤하겠다.

엄마가 요즘 계속 말하는 주문! 할 수 있다고 믿으면 할 수 있다에 더불어 새로운 주문을 생각해 봤어.

무조건 된다. 이미 되기로 정해져 있다!! 어제는 사업하는 후배들이랑 미팅을 했는데 힘든 과정을 뚫고 성공한 사람들은 이 자기 가스라이팅이 장난 아니더라고.

무조건 된다 우리 딸은. 엄마도 이제 서희를 위해 매일 기도하고 생각할 때 한 가지 더 추가하기로 했어. 우리 딸은 무조건 잘 되기로 결정돼 있다⋯ 사랑해.

오늘도 아침에 눈이 떠지지 않겠지만 새로운 무언가를 확실하게 배우는 하루가 되길!

봄에 밭을 갈지 않으면 가을에 바랄 것이 없으며,
아침에 일찍 일어나서 서두르지 않으면 그날 할 일을 하지 못한다.

– 공자

슈퍼문 뜬 저녁에 빈 소원

사랑하는 딸 서희에게

어제 밤 슈퍼문이라고 엄청 밝고 가까이에 달이 떴었는데 우리 서희 혹시 봤니?

어제 엄마랑 아빠가 집에서 저녁을 같이 먹는 아주 드문 일이 발생했는데 서연이까지 일찍 와서 셋이 밥 먹고 산책을 일부러 나갔어… 슈퍼문 보려고.

슈퍼문 보면서 셋이 단 하나의 소원… 우리 서희 수능 대박!!을 정성스레 빌었단다.

엄마는 가족 모두가 한마음으로 뭉치는 게 너무 좋았어.

우리 서희는 우리 집안의 인기 스타잖아.

수능 잘 보는 것도 중요하지만 무사히 이 모든 과정을 건강하게 마치길 그리고 후회 없는 시간이 되길 빌고 빌고 또 빌었어.

서희야~ 오늘도 온 가족의 사랑을 배터리 삼아서 피곤하겠지만 힘내 보자꾸나.

정말 어마어마하게 큰 달에 극히 드문 세 식구 합동 소원을 동시에 빌었으니 꼭 이루어질 거야. :) 사랑해.

- 엄마가

달은 어디에나 있지만 보려는 사람에게만 뜬다.

– 박웅현, 『다시, 책은 도끼다』 中

가족이라는 힘의 원천

사랑하는 딸 서희에게

요 며칠 날씨가 스산해서 기운이 쫙 빠지는 가을이었네. 오늘 토요일이라고 엄마도 침대서 뒹굴뒹굴하다가 간신히 몸을 일으킨다.

엄마 요즘 갱년기 때문에 너무 힘든데 서희 서연이가 있어서 그래도 간신히 몸을 일으키고 규칙적으로 사는 것 같아.

서희도 때때로 힘들더라도 가족들 생각하고 서희를 사랑하고 아끼고 응원하는 가족들을 위해 한 번 더 힘을 냈음 좋겠구나…

오늘도 파이팅!! :)

밤늦은 길을 걸어서 지친 하루를 되돌아오면

언제나 나를 맞는 깊은 어둠과 고요히 잠든 가족들

– 이승환 '가족' 가사 中

반복과 믿음

사랑하는 우리 딸 서희에게

점점 추워지는 걸 보니 이제 정말 수능이 다가오는 걸 느끼겠구나. 이상하게도 수능 보는 날엔 정말 춥거든. 우리 딸 그래도 일요일이라 좀 늦게까지 잘 수 있어서 행복하지 않니?

작년 연말에 우리 식구들 다 같이 모여 '끌어당김' 하던 때가 떠오르네.

그때 우리 딸 수능 만점이라는 목표를 써서 냈는데… 엄마는 그 패기랑 자신감이 너무 좋았단다. 사실 수능 만점은 그리 중요하지 않을 수도 있단다.

하지만 어떤 일을 대할 때 목표를 크게 잡고 성취하려고 노력하는 건 정말 중요한 것 같아.

자 이제 20여 일!! '반복은 천재를 낳고 믿음은 기적을 낳는다.'

서희 잘 모르고 헷갈리는 문제들을 반복을 통해 그리고 온 식구의 믿음은 기적을 낳을 거야!! 오늘도 파이팅. :)

- 엄마가

마음먹은 대로 생각한 대로 말하는 대로 될 수 있단 걸 알지 못했지

그땐 몰랐지…

– 이적&유재석 '말하는 대로' 가사 中

⑦4

사랑하는 우리딸 서현이에게

점점 추워지는걸 보니 이제 정말 수능이 다가온걸

느끼겠구나. 아무튼 이상하게도 당승 별일없고 정말 춥네요.

우리딸 그래도 열공이구나 좀 늦게 까지 자고 일어나서

행복하지 않니?

작년 언땐가 우리 부모들 다같이 모여 '꿈의 대학'

하던 때가 떠오르네. 그때 우리 딸 수능 만점이라는

목표를 세워서 냈는데.. 엄마도 그때기억 재밌이

너무 좋았단다. 사실 수능 만점은 그게 중요하지 않을

수도 있단다. 하지만 어떤일을 대할때 목표를

크게 갖고 성취하려고 노력하는건 정말 중요한것

같아… 자 이제 20며일 !!!

'반복은 천재를 낳고 믿음은 기적을 낳는다'

서리 각 모르 지깐지도 문제들은 반복을 통해

그리고 문부러 믿음을 기적을 낳을꺼야 !!!

믿음도 화이팅 ☺ ~엄마가~

Post-it

대화하고 싶은 사람

사랑하는 딸 서희에게

서희 굿모닝!!! 또 새로 한 주가 시작되는 월요일 아침이네.

오늘 친구들 수시 발표 난다고? 다들 떨리고 긴장되겠는걸…

붙어서 기쁠 수도 떨어져서 속상할 수도 있는… 서희가 친구들 잘 축하도 위로도 해 주길.

다들 고생했는데 좋은 결과가 있었음 좋겠다.

어제 서희랑 저녁 하면서 역시 우리 딸은 다양한 것에 관심이 많고 또 대화도 재밌게 하는구나 싶더라. 누군가가 대화하고 싶은 사람이 되는 것이 쉬운 일이 아니거든…

우리 딸은 참 좋은 자질을 가지고 있구나 싶어. 어렸을 때부터 책을 많이 봐서 그런가?

빨리 수능 끝나고 서희가 좋아하는 책도 많이 보고 야구도 보고 잠도 실컷 자면서 10대의 마지막을 즐길 수 있기를 기도해 본다.

자!! 그럼 오늘도 그날들을 위해 열심히 해 보자꾸나.

'할 수 있다고 믿으면 할 수 있다' '성공의 비밀은 자신감이며, 자신감의 비밀은 엄청난 준비이다'

오늘도 파이팅!! 사랑해.

- 엄마가

이 우주에서 우리에겐 두 가지 선물이 주어진다.
사랑하는 능력과 질문하는 능력….

– 메리 올리버, 「휘파람 부는 사람」 中
광화문에서 읽고 거닐며 느끼다 발췌

자존감 있게 사는 삶

사랑하는 딸 서희에게

어제 엄마가 피곤해서 서희 오는 것도 못 보고 잠들었네, 세상에나. 우리 딸 학교 잘 다녀왔겠지… 와서도 엄마도 안 깨우고 잠들었을 서희가 짠하네.

어제 엄마가 이런저런 얘기들을 들었는데 결론은 건강이 제일 소중하다는 거야.

엄마는 서희가 서희 원하는 일 행복하게 자존감 있게 하면서 사는 게 제일 바라는 일이야.

그 중에서도 고르라면 건강하게 즐겁게 사는 거란다.

이제 얼마 안 남았지만 건강 관리가 제일 중요하니 우리 딸 잘 먹고 힘내자꾸나!!

그리고 최선을 다할 뿐 결과에 너무 스트레스 받지 말기를… 서희 뒤에는 항상 모든 가족들이 서희를 응원하고 서희와 함께 함을 잊지 말기를…

자 우리 딸, 할 수 있다고 믿으면 할 수 있는 거 알지? 오늘도 파이팅!! 사랑해.

피곤해도 아침 점심 밥 좀 챙겨 먹어요.

그러면 이따 내가 칭찬해 줄게요.

　　　　　　　　　　- 자이언티 '꺼내 먹어요' 가사 中

할 수 있다고 믿으면 할 수 있다

사랑하는 딸 서희에게

엄마가 지난 두어 달 허리를 다친 이후 무너졌던 루틴을 새롭게 다시 해 보려 해.

그래서 생각한 건데, 아무리 의지가 강해도 신체가 허락하지 않으면 습관을 유지한다는 것이 쉽지 않은 일인 것 같다. 두어 달 쉬었더니 허리는 아프지 않은데 근육이 다 없어져서 체중도 너무 빠지고 체력적으로 힘든 것 같아.

서희도 맘먹은 일을 해내기 위해서는 건강한 몸을 유지하는 것이 가장 중요하단다. 지금은 아마 운동을 하기가 어렵겠지만 계속 중간중간 스트레칭하면서 팔도 돌리고 목도 돌리고 앉았다 일어섰다 하면서 온 몸에 피를 보내 보는 건 어때?

아마 집중력도 더 생길 거라 믿는다.

자~ 오늘도 여전히 비가 와서 꾸리꾸리한 하루겠지만 기운 내자. 사랑해.

"할 수 있다고 믿으면 할 수 있다" "나는 나의 생각의 합일 뿐이다"

모든 여정은 원래 힘들다. 목표로 삼을 가치가 있는 것에는 고통이 따른다. 중요한 것은 고통을 개의치 않는 마인드다.

– 모건 하우절, 『불변의 법칙』中

오. 건구기 메이트께.

사랑하는 딸 서현에게

엄마가 지난 두어달 하겨를 다닌여유 포기하렁던 죽음을 새롭게 대시 해버렸다. 그래서 생각한건데, 아무리 의지가 강해도 상태가 허락하지 않으면 무리 않고 있인것 같다.

두해만 되어보니 허거누 6가지 없더라 존주이 자 없어 적어 처음로 너무 빠리고 체력적으로 딸리것같아 서현고 망복수 있는 자내기 위해서는 건강한 을 위자가들이 가장 중요하단다. 지금은 이아 운동을 꾸꾸가 억매길리아 계속한것간 스트레칭 하면서 짝고 돌리고 목도 돌리고 않앉다 일어났다 하면서 몸몸기 기나늘 보내보는건 어때? 아마 업무적으로 더 바빠지가 있는다. 라~ 온늘도 여전히 비가 와서 끅끅끅끅기가 자극말리아 기음내라 ♡ 해

"항상 있다고 말보면 항수 있다"
"너늘 나의 사방의 합일딸이다"

끌어당김

사랑하는 딸 서희에게

날씨가 점점 추워지는데… 아니 가을은 너무나 짧고 바로 겨울로 돌입되는 거 아닌가 싶구먼. 어제 수학 모의고사 넘 기특하더라.

끝끝내 열심히 해서 문턱을 하나 넘은 것도 대단하고 그보다 '할 수 있다' '할 수 있다' 멘탈을 다독거리며 어려운 문제들을 풀어 갔다니… 역시 내 딸이야.

이젠 끌어당김도 제법인걸.

'할 수 있다고 믿으면 할 수 있다'

'무조건… 된다'

'나는 잘되기로 이미 결정되어 있다'

우리 앞으로도 계속 끌어당기고 생각하면서 하루하루 최선을 다해 마무리해 보자꾸나. 엄마도 요즘 몸이 예전 같지 않지만 항상 서희를 생각하며 힘을 낸단다.

우리 딸도 열심히 하는데… 하면서 말이지.

오늘은 그래도 즐거운 일이 또 하나 생기는 날이 되길 바라며.

- 사랑하는 엄마가

당신이 찾는 것이, 당신을 찾고 있다.

― 루미

[손글씨 메모 16]
새로운 땅 ○○에게
내께가 정말 좋았는데… 어서 가면은 나라와
같이 바로 가였고 줄었다는거 아니라 생각면
이제 독학, 우리 같이 또 기록하겠다. 끝끝내 억눌이
해서 응해를 하나 답해가도 대답하니
나보다 '할수 없다' '할수 없다' 머리는 다독거리여
어려운 문제들을 풀어갔더니 … 역시 내땅이야.
어떤 꿈이라함도 제법인걸 '할수 없다는 말은
할수 없다' '' '우리고…'한다' '나는 잘되게도
이미 정상되어 있다'

[손글씨 메모 78]
우리 앞으로도 계속 꿈에 담기고 버팅거가면서
가득 가득 채워을 대해 막연하게 보였으나
않아도 웃음 몸이 여러같지 않지야도 항상
서로를 버티내며 가요 나았다.
위에서도 열심히 가볐데 … 해왔지 말았지
웃으면 그대로 즐거운 일이 또하나 버티는
보이지길 바라여
서로에 엄마가

TGIF

사랑하는 딸 서희에게

오늘은 금요일이야. 한 주간 우리 딸 참 애썼네. 옛날 사람들도 금요일이 좋았나 봐.

TGIF라는 말이 있잖아. Thanks God It's Friday!!!

날이 점점 추워지고 일교차가 커져서 서희 감기 기운 있다 했는데 오늘 물 많이 마시고(얼음물은 곤란한데) 이제 정말 얼마 안 남았네.

내일은 우리 병원 가서 주사 좀 맞자(예방 접종도 해야 할 듯).

하루하루 성실히 마무리해 가는 사람을 이길 수 있는 것은 아무것도 없어.

엄마는 성실의 힘을 믿는다. 할 수 있다고 믿으면 할 수 있다!! 무조건 된다!!

파이팅. :)

재능보다 성실함이 훨씬 중요하다.

같은 걸 반복해도 지겨워하지 않고 그걸 이겨 내는 사람이 성공한다.

— 가수 박진영

실상 우리에게 행복을 주는 것은

사랑하는 딸 서희에게

오늘은 베토벤의 황제를 엄마가 좋아하는 임윤찬 연주로 듣고 있어.

토요일 아침의 작은 행복이구나. 서희는 오늘 늦잠을 자는 작은 행복이 있겠지?

이 세상은 자본주의로, 물질로 가득한데 이렇게 우리에게 행복을 주는 것은, 실상은 좋은 음악과 좋은 잠인 것을 생각하면 참 그리 욕심을 부리지 않고 살아도 되나 싶긴 해.

하지만 이렇게 아침에 일어나서 일하러 나가지 않으려면 또 주중엔 열심히 돈을 벌어야겠지? 오늘 말하고 싶은 건 이제 20여 일밖에 안 남아서 스트레스도 쌓이고 점점 몸이 힘들 수도 있겠지만 틈틈이 작은 행복으로(푸른 하늘, 친구랑 잡담, 맛있는 점심, 예쁜 볼펜, 친절한 행동) 우리 서희가 이 마라톤을 완주했음 좋겠구나.

역시 잠을 좀 자니 엄마도 아이디어가 좀 생기네. :)

언제나 사랑하고 응원해 우리 딸. 푹 자고 일어나렴.

한 시간 더 자니 세상이 달라져 보인다.

- 사랑하는 엄마가

Day 80

All you need is love, love
Love is all you need.

– 비틀스 'All You Need Is Love' 가사 中

사랑하는 딸 ○○에게

오늘은 베토벤의 합창을 엄마가 좋아하는 임윤찬
연주로 들었어. 특별히 어떤의 작은 행복이구나. 세상에
안 늙잖은 저들 작은 행복이 얼깐지? 이때문 재벌들의
고, 외워고 가족한테 이렇게 음악에게 행복을 주는것은
세상의 좋은음악과 좋은감인⦿ 것은 세상에는 참 고귀
한것을 부러워않고 살아도 되나 싶긴대. 하지만 이렇게
이쁘게 일어나서 있네 내게인건기까지 또 주국인 역사기
돈을 받아야될지? 또 막나 나눠건 이제 20여억 밖에
안남아서 스트레스 받았고 점점 몸이 가득하고 얼깐지만
종종이 쑥억북으로 (쑥가는, 진거강 장남, 맛없는정상.
예쁜분턴, 진정한 행복) 우리 새언가 이 마나톤은 만날
함은 좋겠구나. 역시 좋은 글자나 엄마로 아아데가
금해대... ⑪ 언제나 사랑하는 응원하 우리딸
푹자고 우기내강 한장은 거자나 세상의 값나게 보인다
— 사랑하는 엄마가 —

179

믿음의 법칙

사랑하는 딸 서희에게

이제 왠지 카운트다운을 하는 숫자로 내려온 것 같아. ㅋㅋ 엄마도 순간 순간 긴장될 때가 생기네.

오늘은 요즘 엄마가 읽고 있는 책 중에(생각의 연금술) 서희와 공유하면 좋을 것 같아서 한 구절 써 볼게.

"모든 위대한 업적은 결국 '믿음의 힘'을 통해 이루어진다. 무언가를 성취하고 싶다면 우주를 지배하는 절대 법칙에 대한 믿음과(종교 또는 과학 법칙) 자기 자신과 자신이 하는 일에 대한 믿음, 그리고 그 말을 성취할 능력에 대한 믿음을 반드시 맨 아래에 단단히 두어야 한다. ~ 당신의 운명은 절대적으로 당신이 만들어 낸다. 당신은 매 순간 자신의 운명을 좌우할 영향력을 외부로 내보내고 있다."

오늘이 일요일이잖아…

오늘은 서희도 하나님께 서희를 지켜 주시기를, 서희가 만들어 갈 운명에 최선을 다하기를 기도해 보자꾸나. 파이팅 사랑해.

- 엄마가

넌 네가 믿는 것보다 용감하고, 보이는 것보다 강하고, 생각보다 똑똑해.

– A.A. Milne(Winnie the Pooh)

장미꽃과 수학

사랑하는 딸 서희에게

오늘은 엄마가 일정이 있어서 우리 딸 얼굴을 못 보고 먼저 나간다.

아빠가 주스랑 밥을 잘 전달해 주어야 할 텐데 걱정이네. 엄마가 차랑 준비해 두고 갈 테니 잘 챙겨 가렴. 우리 서희 마지막에 수학 성적 올리느라 고생이 많은데 엄마가 오늘 읽은 책 중 "시간과 노력은 재미의 세계로 들어가는 입장권"이라는 글이 있네.

시간과 노력을 들이지 않아도 잘 할 수 있고 재밌다면 더없이 행복하겠지만 우리가 처한 대부분의 일이나 공부는 시간과 노력을 들여 차츰 익혀 가지 않으면 그 일의 매력을 알 수 없기 때문에, 우리 서희가 그동안 들인 시간과 노력의 결실인 수학은 이제 큰 재미로 서희에게 올 거라 확신해.

"너의 장미꽃이 그토록 소중한 이유는 그 꽃을 위해 네가 공들인 시간 때문이야~" 어린 왕자에 나오는 글인데 엄마가 좋아하는 문구야.

우리 서희의 수학은 서희에게 소중할 거야. 오늘도 힘내자!!! 언제나 사랑해.

- 엄마가

너의 장미꽃이 그토록 소중한 이유는, 그 꽃을 위해 네가 들인 시간 때문이야.

- 생텍쥐페리,『어린왕자』中

사랑하는 딸 서희에게
오늘은 엄마가 일정이 있어서 우리딸 얼굴을 못보고 먼저 나왔다
아빠가 재웅이 밥을 잘 챙겨서 줘야 할텐데 걱정이네
엄마가 처음 출퇴근 하고 가보니 잘 챙겨가렴
우리 서희 미희막이 수학 성적 올리느라 고생이 많은데
엄마가 오늘 읽은 책중
"시간과 노력은 재미의 세계로 들어가는 입장권" 이라는
죠이 있네. 시간과 노력을 들이지 않아도 잘할수 있고 재밌대면
더없이 행복하겠지만 우리가 처간 대박부터 없이나 공부는
시간과 노력을 들여 처음 악혀가지 않으면 그일의 재미은
알수 없기 때문에, 우리 서희가 고통한 들인 시간과 노력의
결실인 수학은 아제 곧 재미로 서희에게 돌거라 확신해
' 너의 장미 꽃이 그토록 소중한 이유는 그 꽃을 위해
네가 많들인 시간 때문이야 ~' 어린왕자에 나오는
죠인데 엄마가 좋아하는 문구야
우리 서희의 수학은 서희에게 단합할거야.
톡톡두 구해서자 !!!
언제나 사랑해   -엄마-

따뜻하게 입자

사랑하는 딸 서희에게

아인슈타인의 상대성 이론은 참 어디에서건 적용되는 것 같아.

주말은 쏜살같이 지나가 버리고 다시 월요일은 금세 찾아와 버리니 말이야.

벌써 10월의 마지막 주구나. 이제 곧 겨울이 올 테고 말이야.

우리 딸 언제나 최선을 다하고 노력하는 걸 잘 알고 있어.

감기 안 걸리게 따뜻하게 입고… 긍정의 마인드로 또 이번 주를 보내 보자꾸나.

할 수 있다고 믿으면 할 수 있다!!!

무조건 된다!!!! 사랑해♥

고통은 평화와 달리 집중력을 발휘시킨다.

　　　　　　　　　– 모건 하우절, 『불변의 법칙』 中

수시 결과에 연연해 하지 마

사랑하는 딸 서희에게

오늘 아침은 컨디션이 좀 어떤지 모르겠구나. 이제 보름!

마라톤으로 따지면 38km를 넘겨서 마지막 죽음의 랠리를 가는 길이겠지…

어제 엄마가 엄마 얘기를 했지만… 지금의 나는 나의 생각의 집합체야.

모든 수험생들이 지금 더없이 힘든 시간이겠지만 그 힘든 시간 속에서도 각자가 생각하는 나의 모습으로 이 시기를 보낼 수 있을 거야.

이번 주 서희가 매우 긴장되고 걱정되는 마음이 느껴져서 엄마로서는 안타깝지만 그럼에도 불구하고 우리 딸은 더 없이 잘 이겨 낼 거라고 엄마는 진심으로 믿기 때문에 걱정을 하지 않는다.

어차피 9회말 투아웃까지 가도 모르는 게 야구인 것처럼 수시 결과에 너무 연연하지 말고 수시 학교를 골랐을 때의 너의 마음을 생각하면서 의연하게 하루를 보내자구.

우리 딸 사랑해.

엄마는 우리 딸이 늘 대견하고 고맙단다.

- 엄마가

Impossible is not a fact. It's an opinion.

불가능은 사실이 아니다. 그것은 단지 하나의 의견이다.

- 무하마드 알리

사랑하는 딸 서희에게   ⑧④

오늘 아침은 컨디션이 좀 어떤지 모르겠구나.

이제 봄등! 이제부터 따뜻한 3월을 당겨서 우리들

축복의 결과를 기쁨 김이겠지.. 이제 엄마 엄마역할

끝이겠지... 지금의 나는 너의 버팀목이 되어줄게야.

모든 도전에들이 지금 겉으론 힘들고 시간이겠지만

그 하루 시간속에서로 감사 생각하는 너의 모습으로

이내를 버텨도 없을거야.. 더불어 서로가 매우 간절과

걱정되는 마음이 느껴져서 생각보다도 연단겠지만

그렇게도 복잡한 우리 앞날 더욱이 잘 이겨내가면

엄마도 진심으로 믿기때문에 걱정을 가지 않는다.

어쩌면 우리의 특별한 끼리가끼 모르는게 아니겠지만

우리끼리에 너무 얽매이기 보다 누나처럼도 같은

때로 너의 마음을 생각하면서 의연하게 가득히

버텨라구.. 우리딸 서희야. 힘내도 우리딸이

늘 대견하면 고맙단다.

- 엄마가 -

Day 85

잊혀진 계절

사랑하는 딸 서희에게

70년대를 강타한 노래 중에 '잊혀진 계절'이 있는데 유명한 구절이 있어.

"지금도 기억하고 있어요~ 10월의 마지막 날을" 그래서 벚꽃엔딩처럼 10월의 마지막 날만 되면 라디오에서 이 노래가 매번 나왔단다~

굿모닝!! 오늘이 그 10월의 마지막 날이네.

이제 대망의 11월!! 정말 딱 보름 뒤면 이제 그동안 쌓아 오고 노력한 결과가 나타난다는 게 떨리기도 하지만 또 시원한 마음도 있을 거야.

새로운 달, 새로운 날. 새로운 해가 있는 건 물론 달이나 해의 움직임에 따라 만든 거겠지만 그래도 무언가 새롭게 시작하기 위해 인류가 만들어 낸 게 아닐까 싶어.

실수를 했더라도, 후퇴를 했더라도, 무언가 모자라더라도, 또 새로운 하루 새로운 달, 새로운 해가 되면 결심을 다잡잖아.

우리 서희도 그동안의 수고를 뒤로하고 오늘 10월의 마지막 날을 보내며 다시 두근거리는 시작 앞에 나아가기를 바랄게.

자 이제 다시 시작!!!

내일은 아무 실수도 없는 새날이야.

— 빨강머리 앤 中

너에게 주신 천사

사랑하는 딸 서희에게

외할아버지가 엄마에게 해 준 말이 있는데, 하나님이 천사를 모든 사람에게 보내 줄 수 없어서 엄마가 있는 거래.

외할아버지는 많이 배우지 못하셨지만 엄마는 늘 그 말을 마음에 새기고 있어. 너무나 감동적이고 맞는 말인 것 같아서… 그래서 서희 서연이한테 하나님의 천사 같은 엄마가 되어 주라고, 힘내라고 해 주셨던 기억이 난다.

엄마는 서희에게 그런 엄마가 되고 싶어. 너무 잘되고 행복한 날뿐만이 아니라 너무 힘들고 아프고 속상할 때 자꾸 화가 나기도 하고 다 싫고 미워질 때 그냥 투정부리고 싶을 때. 잘 보일 걱정 없이, 나를 오해하겠다는 걱정 없이, 그렇게 부를 수 있는 사람.

서희야~ 너에게는 그런 엄마가 있으니 오늘뿐 아니라 너의 힘든 시간 동안 살아가는 내내 하나님이 너에게 주신 천사인 엄마를 떠올리고 불러 주렴.

오늘도 언제나 사랑해 우리 딸 힘내자~!!

- 천사 엄마가

God could not be everywhere, and therefore he made mothers.

신은 어디에나 있을 수 없기에, 어머니를 만들었다.

- 러디어드 키플링

사랑하는 지혜에게

인형아버지가 엄마에게 해준 말이 있는데,
하나님이 천사를 모든 사람에게 보내줄 없어서 엄마가
있는거래... 인형아버지는 말이 바뀌 못하지만, 엄마는
는 그 말을 마음에 새기고 있어. 너무나 감동적이고 맞는 말인것
같아서... 그래서 너의 지혜에게 개념의 천사같은
엄마가 되어줄게, 항상과 규칙했던 기억이 난다.
엄마는 지혜에게 꼭 엄마가 되고 싶어. 너무 잘나고
행복한 날뿐만이 아니라 너무 힘들고 마음고, 막막할때,
지쳐 힘가 나니도 하고, 다 싫고, 미워질 때,
그냥 투정부리고 싶을 때, 잡보임 직정없이, 나를 믿어주길
다른 직정없이, 곁에 붙을수 있는 사람...
지혜야 너에게는 꼭 엄마가 있으니 든든 아니라 너의
힘든세상 동안 너와는 내내 개념이 너에게 좋은
친구이 엄마를 떠올리고 불러주길름... 언제나 사랑하는
엄마딸 행복하라~!! - 지혜엄마 -

99도인 너

사랑하는 딸 서희에게

엄마가 오늘 서희를 못 보고 일찍 나가야 해서 맘이 조금 걸린다. 이렇게 의연하고 멋진 서희인데 오히려 엄마가 약한 모습을 보여서 부끄럽구먼… 그치만 자식의 일이라면 강해질 수도 또 한없이 약해질 수도 있는 게 부모란다. ㅠㅠ 너도 알게 될 거야… 엄마의 최고의 작품 우리 딸 서희는 엄마의 최고의 보물이니깐… 때때로 엄마가 과하다 느낄 수 있겠지만 이해해 주렴. 수시 결과가 안타깝지만 성급해할 필요는 없는 것 같아.

물은 99도가 될 때까지 끓지 않고 100도가 되기를 기다려야 하잖아. 지금의 서희는 99도 서희!! 이제 조금만 더 하면 팔팔 끓어서 세상에 나가게 될 거야.

엄마가 요즘 꽂힌 『자기 혁명』의 한 구절을 인용하며 엄마도 오늘 열심히 살게. 사랑하는 엄마 딸 파이팅!!

"내가 노력하고 있다면 기다림도 당연하게 받아들이는 여유가 있어야 한다. 세상의 모든 것은 발효 과정이 필요하다. 무언가를 시작해서 당장 성과를 얻는 것은 그야말로 운이다. 하필 행운의 여신이 나만 피해갈 리 없고, 하필 불행의 여신이 내 발목만 잡을 리도 없다. 인생은 정직한 것이다. 묵묵히 걸어가라. 결과를 두려워할 필요도 없다."

- 새벽 4시에 엄마가

Day 87

실패로부터 성공을 만들어라.

낙담과 실패는 성공으로 가는 가장 확실한 디딤돌 중 둘이다.

- 데일 카네기

감사한 일요일

사랑하는 딸 서희에게

늦잠을 자고 싶은 일요일인데 토요일 골프로 루틴이 깨져서인지 다시 5시 전에 눈이 떠져서 혼자 배고파서 사과랑 두유를 마시고 해가 뜨는 것을 보고 있단다.

엄마도 한때는 10시가 되어도 눈이 안 떠졌는데 이게 나이 드는 과정인 것 같아. 때로 숙면을 못 하는 나이가 속상하네. ㅠㅠ

그래도 오랜만에 CCM을 틀어 놓고 우리 딸을 위해 기도를 드리고 책을 읽으려고 해.

세상에 이렇게 사건 사고가 많은데 또 병도 많은데 우리 가족 모두가 건강하게 일요일 아침을 보내는 게 얼마나 감사한 일인지 모르겠구나.

서희가 수능을 잘 보고, 좋은 대학에 가고, 원하는 일을 하고, 사랑하는 사람과 결혼도 하고, 아이도 키워 가길 기도하다가도 문득 건강하게 이렇게 엄마 옆에 있다는 사실만으로도 너무 감사하고 행복하단 것을 깨닫게 되네…

우리 서희… 건강하기만 하자.

인간의 오늘은 우연성과 필연성의 만남으로 이루어진다는데 다만 서희의 노력에 하나님의 축복이 더해지기를.

서희의 우연에 수많은 우주의 기운으로 행복과 건강이 함께하기를 아주
미약한 엄마는 다만 기도로 바래 본다…
하나님! 우리 서희를 축복해 주시고 함께해 주세요. 아멘.

- 사랑하는 엄마가

오래전부터 널 위해 준비된~ 하나님의 크신 사랑~

너의 가는 길~ 주의 사랑~ 가득하기를 진심으로 축복해~~

– 이 시간 너의 맘속에… CCM 가사 中

오래전부터 널 위해 준비된~ 하나님의 크신 사랑~

너의 가는 길~ 주의 사랑~ 가득하기를 진심으로 축복해~~

DEAR SOMEONE SPECIAL

(88)

사랑하는 딸 선아에게

늦잠은 자면 부엌 일요일이라 토요일 늦도록 주말이 깨져서였지
대 늦게에 놀이 괜찮지 참 바쁜까지 사랑 주말은 매고
해서 짱말은 반대하다.

엄마도 한때는 네가가 잠자 놀이야 깨졌는데 이제 네가도
그래 안된 것다 그래 주말은 못다는 내가가 죄송해네. (ㅠㅠ)

그래 오랜만에 CCM 을 틀어놓고 오마딸을 우마 기도를
그리고 책을 읽으려고해 세상에 이렇게 사랑 사라가 몰려네
딱 보니 않는데 우마 가족 모두가 건강하게 오래오늘 야옹은
부엌에게 얼마나 감사기 일이지 모르겠구나 선아가 닦은
잠보 좋은 대학이 가는 우리는 없는 거도 사람은 사람이
척렀지만 아이로 커위까지 기대대가로 모두 건강하게

이렇게 엄마 옆에 있는 사원으로 너무 감사대
행복한 감을 깨닫게 되네.. 우마 선아.. 건강하기오겠다.

엄마도 언쯩 우렇하고 떡인정한 맏딸으로 이렇게 진대로게
~딱 선아의 노래에 귀사랑이 축복이 건하대되는 .. 사랑이
오렇게 우렇하 드렇게 기분으로 행복한 건강이 함께 하는
아주 미약한 엄마는 그대도 가장 바래봅니다.

사랑하: 우마 너희를 축복해주시는 함께 해주세요요 아멘

— 사랑하는 엄마가 —

달리기

사랑하는 딸 서희에게

월요일 아침은 유난히 몸이 무겁잖아… 이상하지?

지난번 차에서 얘기한 것 같은데 엄마 재수할 때 친구가 써 준 노래 가사가 있거든. 그거 보고 엄마가 힘이 많이 났었어. 갑자기 그 생각이 나네.

우리 딸 오늘 하루도 건강하게 잘 보내고 오렴!

좋은 컨디션 유지하는 게 가장 훌륭한 전략이란다. 사랑해.

지겨운가요. 힘든가요. 숨이 턱까지 찼나요. 할 수 없죠. 어차피 시작해 버린 것을. 쏟아지는 햇살 속에 입이 바짝 말라 와도 할 수 없죠. 창피하게 멈춰 설 순 없으니. 단 한 가지 약속은 틀림없이 끝이 있다는 것. 끝난 뒤엔 지겨울 만큼 오랫동안 쉴 수 있다는 것.

– 윤상 '달리기' 가사 中

새벽 기도

사랑하는 딸 서희에게

오늘 새벽에 눈뜨자마자 생각난 성격 구절이 있어서 왠지 오늘은 서희에게 들려주시는 하나님 말씀 같네.

"두려워하지 말라. 내가 너와 함께함이라. 놀라지 말라. 나는 네 하나님이 됨이라. 내가 너를 굳세게 하리라. 참으로 너를 도와주리라. 참으로 나의 의로운 오른손으로 너를 붙들리라." (이사야 41장 10절)

하나님의 의로우신 손이 우리 서희를 도와주시고 붙들어 주실 거야. 아멘.

오늘도 많이 많이 사랑해 우리 딸.

인간의 지적 능력은 얼마나 많은 방법을 알고 있느냐로 측정되는 것이 아니라, 뭘 해야 할지 모르는 상황에서 어떤 행동을 하느냐로 알 수 있다.

– 존 홀트, 정재승, 『열두 발자국』中

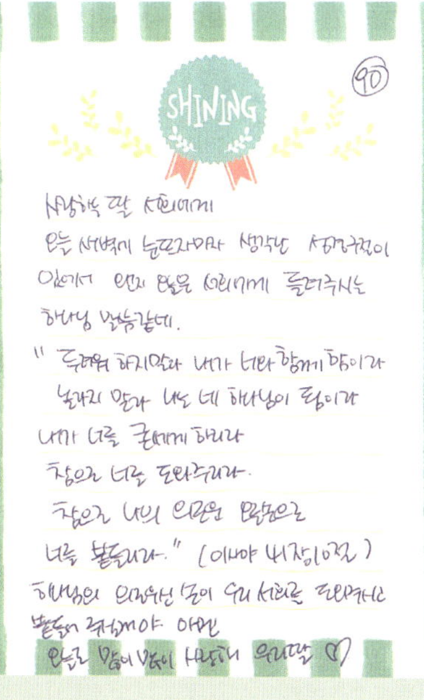

엄마의 행복

사랑하는 우리 딸 서희에게

어제 퇴근길에 서진 어머님을 우연히 만났어. 모든 엄마들이 다 똑같은 마음이더라고…

딸들이 너무 안쓰럽고, 도시락 어떻게 싸 줘야 할지 걱정이고, 건강 챙기고 싶고…

그러면서 엄마는 문득 또 생각이 들더라. 이 시기를 우리 딸 옆에서 이렇게 응원하며 보낸다는 게 얼마나 행복한 일인지.

엄마가 더 건강해서 우리 딸 끝까지 서포트해 주고 싶다!! 그런 의지가 생겨 버렸음.

이제 일주일~ 그렇게 안 올 것 같던 시간들이 정말 온다.

할 수 있다고 믿으면 무조건 할 수 있으니까…

우리 딸은 마지막에 갈수록 상승곡선을 이뤄서 우리가 생각하지 못한 결과를 만들어 내는 능력이 있다는 것을 믿으니까!!

엄마는 그저 밥하고 기도함으로 우리 딸을 응원할게. 오늘도 사랑해.

- 엄마가

하나의 불씨만 있다면 우리는 다시 일어설 수 있고 무엇이든 해낼 수
있다.

- 켈리 최,『웰씽킹』中

스스로 만들어 나가는 문

사랑하는 우리 딸 서희에게

정말로 딱 일주일 남은 날이네. 날이 늘 수능 볼 때면 왜 추워지는지… 날로 추워지고 몸도 아파지는 11월이야.

지금 또 밖에서는 서희가 샤워하는 소리가 들린다.

마지막 날까지 우리 딸은 참 대단한 것 같아. 언제나 스스로 일어나고 준비하고… 서희의 인생은 감히 엄마가 예상하자면 그럴 것 같아.

서희가 스스로 그 문을 열고 문이 없음 만들고 그렇게 해 나갈 것 같아서 사실 엄마는 그 어떤 걱정도 하지 않는다.

다만 그 와중에 건강하기를… 또 바라건대 조금 덜 힘들기를 기도할 뿐이지.

엄마 딸이지만 늘 엄마보다 훌륭한 우리 딸!!

배 아픈 것은 스트레스일 거야. 장 쪽이 딱딱하면 자주 눌러서 풀어 줘야 해. 긴장해서 뭉치는 거거든(엄마도 2일 동안 그랬단다).

스트레스가 오면 잠시 머물다 가라고 얘기해 주렴.

자~ 그럼 파이팅!

모든 것은 마음에서 비롯된다.

－『법구경』中

사랑하는 우리 딸 ○○에게
정말로 책이라는 넓은 날이다. 날씨 늦 늦봄날에
면 만 주위리소리 날 주위라고 물고 어제라는
119이야 지금 또 밖에다는 서로가 서로라는 서로
가 좋단가 어리막 냄개 오여랬은 또는
대단한것 같아. 언저나 스스로 이어나는
흥비자는.. 서비만 이사람 기쁨 얼마라고
예상하래며 그렇겨는다 서로에 스스로
그림을 으로 믿이 믿는 믿는고 그렇게
해 내는거는나서 사빛 엄마는 그어렸
정체로 가지 않는다 다만 그 여렸에
건강하게 꼭 바래는거 갈수걸 다른
기를 기믿한복이지. 엄마걱이고 보는
엄마녀 휜늘한 우리 딸!!! 내 아픈거은
스트레스일까에야 장복이 객객라면 지속
늘러나 표아도아데. 감상하세 용지는
거울 (엄마고 2억중한 그렇갈거)
스트레스가 만면 갈니미보다 거비 머니더
두까. 자~ 그럼 화이팅!!!

떨리는 시간 속에서 맛보는 성취

사랑하는 엄마 딸 서희에게

이제 이 편지를 쓰는 날도 얼마 남지 않았네.

쉽지 않은 여정이었지만 엄마는 서희와 함께 여정을 함께하며 또 다른 성취의 기쁨을 맛보고 있단다.

"원하면 얻고, 갈망하면 이루고, 생각하면 행동하게 된다는 것을" 엄마 스스로 깨닫게 되어 이제는 어떤 새로운 것을 도전하는 것이 예전보다는 훨씬 더 쉬워질 것 같구나.

일주일 남은 지금! 서희도 떨려 오고 엄마도 떨려 오지만,

마지막 하루, 한 시간 우리가 할 수 있는 최선을 다하며, 응원해 주고 지켜봐 주는 가족들의 사랑을 온몸으로 느끼며 또 감사하며, 이 떨리는 시간 속에서조차 감사함을 깨닫는 우리 딸이 되길…

가족의 모든 힘을 모아 사랑한단다. 오늘도 파이팅!!

- 엄마가

절대 안 된다는 말을 하지 말아라.
한계는 두려움과 마찬가지로 환상일 뿐이다.

- 마이클 조던

행운을 쌓아 가는 일주일

사랑하는 서희에게

엄마는 재수까지 해서 두 번이나 수능을 봤는데도 이상하게 서희가 수능을 본다고 생각하면 왜 이렇게 엄마가 더 떨리나 모르겠다…

오늘은 눈이 일찍 떠져서 이런저런 생각에 잠기는데, 예전에 외할머니는 어떤 마음으로 수험생 부모를 3년이나 했을까 싶네… 게다가 그 시절은 점심 저녁까지 도시락을 직접 싸 줘야 했거든.

이 내리사랑을 서희가 진심으로 깨달으려면 직접 서희 같은 딸을 낳고 키워 봐야겠지?

엄마는 오늘도 우리 서희가 일어나서 샤워하는 소리를 들으며 이 편지를 쓰네… 기특한 것…

서희 말대로 엄마는 이번 주에 온갖 좋은 일, 착한 일을 하면서 행운을 쌓아 가야겠어.

그래서 그 행운이 수능 날에 쏟아지게 말이야…

자 그럼 오늘도 힘을 내 보자.

마지막까지 중요한 것은 꺾이지 않는 마음…

서희만 알고 있는 서희 스스로에 대한 서희의 믿음과 마음!!!!

사랑해♥

- 엄마가

내가 알고 있는 지식은 다 알고 있는 것이다.

하지만 나의 마음은 나만 알고 있는 것이다.

- 괴테, 『젊은 베르테르의 슬픔』中

최선을 다하는 너에게

사랑하는 딸 서희에게

두둥!! 이제 주말만 지나면 드디어 수능 주구나. 엄마는 우리 딸이 이렇게 잘 버텨 주는 것이 감사하고 고맙다.

누구든 왜 걱정이 안 되겠으며 왜 떨리지 않겠어. 정도의 차이지.

그러나 엄마 딸 서희는 누구의 걱정도 끼치지 않고 오롯이 혼자서 처음부터 끝까지 다 감당해 내고 나아가려는 모습이 엄마는 대견하다 못해 안쓰럽고 미안하단다.

그런데 엄마는 확신이 있어. 이런 서희를 볼 때마다 서희는 정말 멋진 사람이 되겠구나 싶거든. 성급함과 분노는 가장 나쁜 성격인데 우리 딸은 성급함도 분노도 없고 어떤 때 보면 저 안에 무엇이 들었나 싶을 정도로 성숙하단다.

그래서 엄마는 빨리 수능 마치고 서희가 인생을 살아가기 위한 공부를, 준비들을 하는 시간을 가지길 소망해 본다.

이제 5일 남았어 서희야!! 무엇보다 중요한 컨디션 관리 잘하고 오늘도 마지막까지 최선을 다하는 서희로 살길 바란다. 사랑해.

- 엄마가

네 안에는 무한한 가능성이 있다.

— 랄프 월도 에머슨

사랑하는 딸 소연에게.

딸!! 어제그렇게 지나간 토요 무슨가나. 엄마는 우리딸이 이렇게 잘 버텨주는 게 너무 감사한 마음이다. 누구도 원치않던 안타까움에 네 떨리는 움직임이 자연스러워지려면 엄마가 네편이 되어줄게. 누구도 경험해 가보지 않고 인생이 함께 처음부터 끝까지 다 같이 네가 나아가려는 마음이 엄마는 대견하고 멋지고 아름답고 미안하다다. 그런데 엄마는 확신이 있어. 이 시련을 복과 마다 시련은 잠깐 멋진나날이 되어줄거나 봐라봐. 사랑하는 우리딸 너는 가장 내딸 소중한데 우리딸은 (엄마랑) 넘고도 있고 어떤때 반면 지금에 우리 둘이나 넓은것이라 자랑하고파다. 그래서 엄마는 밤낮 수능 마지고 서로가 인생을 받아내 우리 행복든. 함께줄을 가득 나�을 기쁨인 행복하게 봐라. 어제 5약 날않다 내일이야!!! 사랑보다 소중한 건강하고싶은 엄마 마지막까지 최선을 다하는 우리딸. 사랑한다 . ♡소연 —엄마—

모든 것이 끝나도 엄마는 네 곁에

사랑하는 엄마 딸 서희에게

이제 수학학원도 끝났고 오늘이면 과외도 마지막 날이구나.

이제 오롯이 혼자서 뚜벅뚜벅 삼 일 더 걸어가면 되는 거네. 엄마는 힘들기도 했지만 이 편지 이벤트를 하면서 참 좋았어.

우리 딸과 무언가를 함께 하는 느낌이었거든.

매일 아침 눈을 뜨자마자 서희를 생각하고 무슨 말을 해 줄까⋯ 고민하고 때로는 엉망인 글씨로, 두서없는 내용으로 우리 딸이 헷갈렸겠지만, 그마저도 진솔한 엄마의 모습이었다고 생각해 주렴.

학교 수업도 마무리되고, 학원도, 과외도 다 마무리되겠지만, 엄마는 마지막 날까지 우리 서희가 시험 보는 날 마지막 문제를 풀고 수험표에 답을 쓰는 그 순간까지 우리 서희랑 함께할 거야. 내내 너에게 행운을 보내고 있을 거야.

그러니 자!! 이제 또다시 마지막 힘을 짜내서 오늘 하루를 보내 보자. 파이팅 사랑해♥

- 서희의 영원한 응원군 엄마가

마라톤은 결국 마지막 10킬로미터 동안 버틸 수 있느냐의 싸움이다.
결국 중요한 건 네 안에 남아 있는 힘이다.

– 로브 드캐스텔라(마라토너)

96

사랑하는 엄마딸 ㅅㅌ에게

어제 수학학원도 끝났고, 딸이민 래만도 마지막 수업이었구나.
◎ 힘듦도 외로이 혼자서 뚜벅뚜벅 삶의 터전에가면 되는거네
엄마도 힘들기도 하지만, 이 편지 다 번도를 해먼지 참 좋았어
우리딸과 무언가를 함께하는 느낌이었거든
매일 아침 눈을 뜨자마자 ㅅㅌ를 벌떡하는 무모인은
해줄까... 고민하고 때로는 엄엄인 콘서로 뒤죽없는 내용으로
우리딸이 함맣텨겠지만, 그 무엇도 진솔한 엄마의
맘이었다고 생각해 주렴. 학교수업 마무리 되면, 힘들고
지않도 다 마쳐 지않지만, 엄마는 마지막 날까지.. 우리
ㅅㅌ가 시험 보는날 마지막 문제를 풀고 수정없게 답을 쓰는
그 순간까지 우리 ㅅㅌ랑 함께 할게야.
내내 네게 힘응은 보내고 있을꺼야
그러니 자!! 이제 또다시 마지막 힘을 쟤내서
또 하루를 보내보자 화이링 ㅅㅌ야 ♡
— 너희의 영원한. 응원군 엄마가 —

대망의 수능 주

사랑하는 딸 서희에게

정말이지 주말은 눈 한 번 감고 밥 한 번 먹으면 지나가는 것 같구나.

이제 대망의 수능 주가 열리었다. 월 화 수~

어제 갑자기 콧물이 난다 해서 엄마가 걱정 걱정 하고 있는데 괜찮지 않을까… 그치?

너무 걱정 말고 염려 말고 건강하게만 컨디션 유지해 보자꾸나.

엄마는 우리 서희가 건강하게 후회 없이 시험 마칠 수 있게 도와주는 것에 만족한단다. 재수까지 하고서도 수능 날 기분이 어땠는지 기억이 잘 안 나네.

재수 때는 그저 담담했던 것 같아. 그래서 현역 때보다는 그래도 조금은 더 잘 본 것 같다.

중요한 것은 꺾이지 않는 마음이니까~

수시 결과에 연연하지 말고. 끝까지 최선을 다해 보자.

서희 오늘도 힘내. 이제 D-3이야~ 사랑해.

- 엄마가

중요한 건 승리는 경쟁하러 나온 사람이 아니라, 이기려고 나온 사람
이 갖고 간다는 것이다.

– 팀 페리스, 『타이탄의 도구들』 中

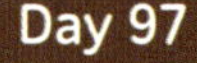

마지막 학교 가는 날

사랑하는 엄마 딸 서희에게

엄마가 전에 편지에도 썼는데 요즘 엄마가 몇 번이고 반복해서 쓰는 성경 구절로 오늘은 하루를 시작하고 싶구나.

"두려워 말라. 내가 너와 함께함이니라. 놀라지 말라. 나는 네 하나님이 됨이니라. 내가 너를 굳세게 하리라. 참으로 너를 도와주리라. 참으로 나의 의로운 오른손으로 너를 붙들리라."

이제 엄마는 하나님께 남은 시간 열심히 달려온 서희를 축복해 주시고 끝까지 지켜 주시기를 간절하게 기도한다. 저렇게 두려워하지 말고 굳세게 함께해 주시겠다는 하나님이 계시니까 엄마는 두려움이 없어.

우리 서희 오늘 마지막 학교 가는 날!!

그동안 같이해 준 책상과 의자와 교실에게, 친구들에게, 선생님께 감사하는 마음으로 인사하고, 또 열심히 마무리해 보자!! 사랑해.

- 엄마가

미래는 현재 우리가 무엇을 하는가에 달려 있다.

— 마하트마 간디

1km 남은 결승선

사랑하는 딸 서희에게

결국 이렇게 왔다. 우리 딸 그동안 열심히 노력하고 자제하고 또 절제하고 하면서 결국 이리 왔어. 먼 레이스 잘 끌어온 것 너무 기특해.

이제 정말 딱 1km 마라톤의 끝이 보인다.

오늘 학교 무사히 다녀오고 어제 우리의 계획대로 일찍 자고 일찍 일어날 수 있게 말이지.

이 고3 시절이, 또 수능 준비하는 것이 인생에 있어 무슨 의미가 있겠냐고 하겠지만, 엄마는 서희에게 있어 무언가 목표하고 치열하게 그 목표를 향해 노력해 가는 과정은 삶에서 큰 가르침을 줄 수 있다 생각해. 진심으로 말이지.

"어제의 자신이 지닌 약점을 조금이라도 극복해 가는 것, 그것이 더 중요한 것이다. 장거리 달리기에 있어 이겨 내야 할 상대가 있다면 그것은 바로 과거의 자기 자신이기 때문이다."

장거리 레이스를 잘 완주하고 우리 내일은 두 다리 뻗고 푹 자자꾸나. 사랑해 우리 딸.

- 엄마가

당신은 당신이 믿는 대로 된다.

— 켈리 최

사랑하는 딸 서희에게   (99)

거의 이렇게 왔다. 우리딸 그동안 열심히
달려오고 자제하고 또 절제하고 하면서 거의 여기
왔어. 먼 레이스 잘 꾸며온걸 너무 기특해. 이제
저멀리 딱 1Km 마라톤의 끝이 보인다. 은늘 하루
우리가 대단은 이제 우리의 계획대로 열심히라···
얼마 얼마남지 않네 막바지.

이 고지 시점이, 딱 무슨 준비하는것이 인생에 있어
자꾸 의미가 없겠냐만 하겠지만 엄마는 서희에게
있어 무언가 목표라는 지점하게 그 목표를 향해
날려가는 다짐을 남기서 줄 기준들을 줄수 있어
서행다. 진심으로 말이지···

"여기의 자신이 지난 약속을 존중해라
책임져 가겠지, 그래서 더 훌륭한 것이다. 장래의 약속에
있어 이겨내야 할 상대가 있다면 그건 바로 과거의
자기 자신이기 때문이다"

장래나 레이스를 잘 만족하는 우리 내일을 달려라
빨간 폭 자라나라 서희야 ♡ 우리딸 — 엄마 —

하루 종일 너와 함께할 거야

사랑하는 엄마 딸 서희에게

끝날 것 같지 않던 날들이… 결국은 다 지나가고 바로 오늘이 와 버렸네.

장하다 우리 딸. 무슨 말로 이 편지를… 그 길었던 편지들을 마무리할까 엄마가 생각이 참 많았는데.

너 태어날 때 엄마가 속으로 내내 빌었거든.

'건강하게만 태어나게 해 주세요. 더 바랄 게 없어요.' 오늘 그 말을 해 주고 싶네.

건강하게만… 엄마는 더 바랄 게 없어. 우리 딸은 언제나 엄마의 자랑이고 기쁨이고 사랑이야. 이 여정을 건강히 무사히 마쳐 준다면 정말로 더 바랄 게 없어. 알지?

그래도 외치자!!

"할 수 있다고 믿으면 할 수 있다"

"무조건 잘되기로 정해져 있다"

"서희는 잘되기로 이미 태어날 때부터…"

엄마에게 온 힘이 있다면 오늘은 서희에게 보낼 거야.

엄마 뱃속에 있던 때부터 엄마의 기운이, 힘이, 사랑이, 다 너에게 연결되어 있거든.

시험 보는 내내 엄마가 같이할 거야.

그래서 순간 당황스러워도 서희는 다시 잘 해낼 수 있을 거야.

이 세상에 서희가 잘되길 바라는 모든 사람들이 다 너에게 기를 보내고 있을 거거든. 얼마나 강한 기인데…

서희야!! 서희야!! 서희야!! 알지? 중요한 건 꺾이지 않는 마음~

"할 수 있다고 믿으면 할 수 있다"

이따 우리 환하게 웃으며 만나자!!

엄마가 서희 대신 떨어 줄 테니까 서희는 호흡을 길게 하고 차분히 풀면 돼.

마지막은 하나님께 기도로…

"두려워 말라. 내가 너와 함께함이니라. 놀라지 말라. 나는 네 하나님이 됨이니라. 내가 너를 굳세게 하리라. 참으로 너를 도와주리라. 참으로 나의 의로운 오른손으로 너를 붙들리라."

오늘도 사랑해.

- 온 마음을 다해 엄마가

I can do all this through him who gives me strength.

– 빌립보서 4장 13절 말씀

I can do all this through him who gives me strength.

사랑하는 엄마딸 서희에게..

끝나지 않을 것 같던 날들이.. 결국은 다가오는
바로 만들이 하나였네. 장하다 우리딸..
무엇보다 이 편지를... 그리웠던 편지들을 어쩌다 단가
엄마 바람이 참 많았는데... 너 태어났을때 엄마가
혼자 내내 빌었대로 '건강하게만 태어나게주세요 ..
더 바랄게 없어요.' 맞는 그말을 재차 쓰네
'건강하게만.. 엄마는 더 바랄게 없어... 우리딸은
엄마나 엄마의 재앙이는 기쁨이고 사랑이야...'
이 여자를 건강히 우리를 아껴줄대면 정말로 더
바랄게 없어.... 알지? 그래도 만으라 !!!
" 한두없다던 만으면 값두있다 "
" 무언 잘되라고 정대려 않다 "
" 서희는 잘되라고 애미 태어났때 낙터 .. "
엄마에게 욕심이 있대면 만음은 서희에게 보냈는거야
엄마 뱃속에 있던 때부터 엄마의 기운이 좋아
사랑이 다 너에게 연결되 있어도.

사랑보다 내내 엄마가 같이 할거야.

그래서 순간 당황스러워도 서희는 대리 잘 해낼수
있을거야. 이 세상에 서희가 잘되길 바래는 많은 사람들이
다 너에게 기를 보내고 있을거라도. 엄마가 강한기운데...
서희야 !!! 서희야 !!! 서희야 !!
알지? 부끄럽고건 껍어리 없는 마음 ~
" 한두 없지 만으면 값두 있다 "
이따 우리 함대게 없어 만나자 !!!
엄마가 서희 대신 떡비줄테니까 서희는 근걍을
꼭게 따라 차분히 품어 돼. 마지막은 지세상께기로..
" 두려워말고 내내너와 함께 있으니라.
놀라지 말라. 나는 네 하나님이 됨이니라
내가 너를 굳세게 하리라
참으로 너를 도와주리라
참으로 나의 의로운 오른손으로 너를 붙들리라. "
언제 서희해 ♡   — 문여름을 대내 좋으라 —

엄마에게 생일 선물은 너야

사랑하는 엄마 딸 서희에게

어제 엄마가 갑자기 긴장이 풀려서 몸살이 왔네. 우리 딸 정말 애 많이 썼어.

수능장 나오는 서희를 보고 엄마 너무 눈물이 나서… 주책이다 그치?

어제 하필이면 엄마 생일이어서… 서희야 엄마의 최고 생일 선물은 너야.

이 세상에 엄마 딸로 와 줘서, 건강해 줘서 그리고 이 세상을 열심히 살아

줘서 너무 고맙다.

어제 생일 선물은 잊지 않을게.

3년 동안 애 많이 썼다…

이제 맘 편히 조금 쉬다가 또 열심히 살자!! 사랑해.

- 엄마가

> 너는 아직 젊고 많은 날들이 남아 있단다. 그것을 믿어라.
> 거기에 스며 있는 천사들의 속삭임과 세상 모든 엄마 아빠의 응
> 원 소리와 절대자의 따뜻한 시선을 잊지 말아라. 네가 달리고 있
> 을 때에도 설사 네가 멈추어 울고 서 있을 때에도 나는 너를 응
> 원할 거야.
>
> - 공지영, 『네가 어떤 삶을 살든 나는 너를 응원할 것이다』 中